EL SECRETO DEL ENCAJE ANTIGUO

—No voltees —le dijo Nancy a George en voz baja—. Hay alguien que nos ha estado siguiendo.

Nancy se asomó por la hendidura que había bajo la puerta y entró al cuarto precipitadamente.

—¡Se fue! —exclamó, fijando la mirada en un balcón abierto—. ¡Debe de haberse escapado por ahí!

Nancy corrió al balcón y se asomó por el barandal.

—¡Se robó parte del encaje! —gritó Nancy al ver que de sus bolsillos salían bordes de olanes.

Siguiendo un impulso, la joven detective se inclinó por encima del barandal y cogió la cuerda, aferrándose a ella con todas sus fuerzas para subir al ladrón. Pero el hombre pesaba demasiado.

Súbitamente, Nancy se resbaló y perdió el equilibrio. Su cuerpo se balanceó peligrosamente sobre el barandal, a punto de caer al abismo...

ÍNDICE

1

La escalera rota

—Nancy, ¿qué estás haciendo? —preguntó Hannah Gruen, empujando la puerta de la recámara de Nancy, una atractiva rubia, quien estaba sentada detrás de su escritorio escribiendo, de prisa, algo sobre un papel de notas.

—¡Oh, Hannah! —exclamó Nancy girando sobre su silla, muy emocionada—. Acabo de completar el final del cuento de misterio para el concurso de aquella revista que te conté.

—Eso es maravilloso, querida —dijo la mujer en tono maternal—. Ahora puedes salir y disfrutar este clima agradable. Has estado encerrada aquí varios días —añadió y fue a la ventana para abrirla de par en par, dando paso a la tibia brisa, la cual movió los papeles del escritorio de Nancy.

—¿Varios días? —repitió Nancy con una expresión de asombro—. ¿Por qué no sentí pasar tanto tiempo? —preguntó al ama de llaves, quien la había cuidado desde que tenía tres años de edad.

—Ningún tiempo —afirmó Hannah moviendo la cabeza en señal de desagrado—. Estás tan pálida como las celosías de las ventanas.

—¿Con la pintura nueva o la vieja? —preguntó Nancy bromeando.

El olor de pintura fresca entró a través de la ventana abierta, y ambas pudieron oír los rechinidos de una escalera donde un hombre vestido con un overol blanco trabajaba en la fachada.

—Todo es del mismo color —dijo la señora Gruen en tono burlón—. ¡Siempre blanco!

—¿No te interesa conocer qué solución le di a mi historia? —preguntó Nancy sonriendo.

—Sí, por supuesto, ¿puedo leerla ahora? —cuestionó Hannah, mientras pasaba su brazo sobre el hombro de la hermosa chica.

—Mmm... sí, y, ¿sabes qué?

—¿Qué?

—Hoy me asolearé mucho.

Una sonrisa se dibujó en el rostro de Hannah mientras dirigía su mirada al manuscrito, medio oculto entre otras hojas.

—Debo confesar, Nancy, que estoy muy contenta con este misterio.

—¿Estás contenta?

—Sí, ¡porque pudiste resolverlo en la tranquilidad de tu hogar!

—¡Oh, Hannah...! —rió Nancy, quien contaba solamente con dieciocho años de edad y un excelente renombre como detective aficionada; sabía que el ama de llaves siempre se preocupaba por ella.

Sin decir otra palabra, la muchacha ordenó los papeles y los sujetó con un clip, dando así por terminado su cuento detectivesco.

—Aquí está —dijo acercándole el manuscrito a Hannah Gruen.

—Déjame ir por mis lentes para leer —pidió la señora, disculpándose, cuando sonó el timbre de la puerta.

—Deben ser Bess y George —afirmó Nancy—. Las llamé mientras estabas de compras.

La joven detective arrojó los papeles sobre su escritorio y bajó corriendo la escalera seguida muy de cerca por la fiel Hannah.

—¡Hola! —saludó a las visitas.

Efectivamente, eran Bess Marvin y su prima George Fayne, las amigas íntimas de Nancy.

—¿Vinieron a rescatar a la princesa de su torre de marfil? —preguntó Hannah en tono sarcástico.

—Eso espero —sonrió Bess mostrando los simpáticos hoyuelos de sus mejillas al reír—. ¡La llevaremos al *Pepinos y Ciruelas* a almorzar!

—¿Están seguras que no se indigestarán llevando esa dieta? —preguntó Hannah arrugando la nariz en señal de desagrado.

—¡Oh, no! —sonrió George—. Es un nuevo restaurante de comida nutritiva en el centro de la ciudad. Además, podemos sentarnos afuera y obtener muchas vitaminas A y D.

Los ojos de Hannah brillaron y dijo en tono sumamente aprobatorio:

—¡Comida nutritiva! Eso ordenó el doctor.

Nancy besó la mejilla de la dama y subió corriendo la escalera.

—¡Vamos, quiero enseñarles el cuento que mandaré al concurso promovido por la revista *Círculo y Cuadro*!

—¿Podemos comer primero? —pidió Bess, siguiendo a su prima al piso superior de la casa—. ¡Me muero de hambre!

—¿Para variar? —cuestionó George con sarcasmo, quien mantenía una figura esbelta a diferencia de Bess, propensa a engordar.

—¡No he comido nada en todo este día! ¡De veras! —aseguró Bess a Nancy, quien le dio el manuscrito.

—Déjame verlo también —rogó George con ansias—. Pues, quiero saber qué sucedió con aquel personaje misterioso.

—Un momento —protestó Bess, apartando el manuscrito de su prima y acercándolo a la luz que se filtraba por la ventana.

—Por favor Bess, no me tengas más en suspenso —suplicó George.

—¿Quién resulta ser el derrotado en tu relato? —interrumpió Hannah Gruen, bromeando con las atractivas muchachas.

—No, no —respondió Nancy—. Esto es una historia de amor. Ahora no podrán hallarle sentido a menos que les cuente cómo empezó todo. El inicio del cuento salió publicado en la revista. Éste está basado en un misterio de la vida real y que debe ser resuelto por el concursante.

Mientras Nancy hablaba, Hannah se sentó en la silla estilo *Reina Ana*, frente al escritorio, George y Bess se acomodaron en la piecera de la cama.

—Lo conozco un poco por lo que leí —comentó Bess—, la historia sucede en Europa.

—Tienes razón —afirmó Nancy—. Empieza en Bruselas, Bélgica, en el siglo XIX. Un apuesto joven cuyo nombre era François Lefèvre recibió un par de misteriosos puños de encaje, los cuales usó con el jubón rojo de su traje.

—¡Es una lástima que no viva ahora! Me gustaría conocerlo... —comentó Bess haciendo una reverencia con expresión soñadora, como si alguien la estuviera presentando a Lefèvre.

—Créanme —pidió Nancy—, ustedes serían sólo algunas de sus tantas admiradoras. Al parecer, una de ellas estaba muy ansiosa por declararle su interés por él.

—¿Acaso él nunca descubrió quién le envió los puños de encaje? —preguntó George.

Nancy movió la cabeza en señal de negación y en seguida añadió:

—François desapareció repentinamente con una muy respetable fortuna. Nadie de su familia o amigos, supieron jamás de él.

—¡Oh, qué triste! —exclamó Bess.

—En la chimenea de su cuarto —continuó Nancy—, sus sirvientes encontraron algunos fragmentos quemados de algunas cartas. Entre ellos, descubrieron una misteriosa misiva en exquisita letra manuscrita.

—Obviamente escrita por alguna mujer —dedujo George en tono perspicaz.

—Estaba en francés —dijo Nancy—. El mensaje traducido decía:

> *Voltea tu cara*
> *hacia el encaje*
> *de los puños.*
> *Un secreto...*

—Y el resto de él estaba ya destruido por el fuego —añadió Nancy.

—¿Los sirvientes no lograron encontrar alguna otra cosa? —preguntó Hannah con manifiesta curiosidad en este aspecto.

—Sí, en otro papel semiquemado estaba esta otra palabra: *cásate.*

—¡Qué historia! —comentó Bess soñadora.

—¿Alguien supo quién había enviado los puños de encaje a François? —cuestionó George.

—La historia no lo dice —respondió Nancy—. Creo que nadie admitió haberlo hecho.

—¡Oh, por favor, cuéntanos el resto —imploró Bess—, antes que les comunique todas mis nuevas noticias...!

—¿Qué nuevas? —preguntó Nancy abriendo los ojos por el asombro.

—Lo sabrán después. Primero termina de narrar tu interesante historia.

—Bueno, lo que acabo de contarles fue publicado en la revista. Todo lo demás lo inventé.

Nancy entregó su manuscrito a Hannah.

—En primer lugar está Hannah. Lo prometí antes que ustedes llegaran.

La mujer empezó a leerlo con gran interés. Bess, quieta durante un momento, se impacientó rápidamente y preguntó:

—Nancy, ¿tienes listo tu pasaporte?

—¿Por qué? ¿A dónde vamos?

—¡A Bélgica! —exclamó Bess.

—¿Bélgica? —repitió Nancy sorprendida—. Vamos, Bess, ¡ya te dije que François Lefèvre murió hace más de un siglo.

Sonriendo, Bess retiró de su frente un rizo de su cabellera rubia.

—No iremos a cazar a François —aclaró—. ¿Recuerdas que te platiqué de una antigua compañera de escuela de mi madre, llamada madama Chambray?

Nancy afirmó moviendo la cabeza.

—Bueno, hace un mes se mudó de Francia a Brujas, Bélgica...

—¿Cómo? Ése es el nombre de la ciudad donde se desarrolla la historia de Nancy —interrumpió Hannah.

—¡Bromeas! —exclamó Bess.

—No. Eso es verdad —atestiguó Nancy—, pero dime más de madama Chambray.

—Ella escribió a mi mamá hace poco. Aquí está la carta —dijo Bess revolviendo el interior de su bolso para buscar la misiva—. Al parecer, madama Chambray encontró en su casa una valiosa cruz antigua; ésta tiene incrustaciones de diamantes y lapislázuli. La señora cree que pertenece a alguien quien vivió en su casa hace muchos años. Por desgracia, no ha tenido tiempo para buscar al propietario de la cruz, pero ella publicará un anuncio en el periódico local.

Intrigada por la historia, Nancy observó con cuidado la carta, poniéndola sobre su escritorio.

—¿Qué hay de la persona a quien madama Chambray compró la casa? —cuestionó la joven detective—. ¿No es más lógico pensar que a ella le pertenece la cruz?

—Aparentemente no es así —dijo George—. Ya lo verificó madama Chambray.

En ese momento y sin levantar los ojos del manuscrito, Hannah comentó:

—Es una historia maravillosa, querida. Como tú sabes, me encuentro muy contenta porque estás trabajando en tus cuentos de misterio ahora, pero por lo que puedo ver aquí...

Antes que el ama de llaves pudiera continuar, se escuchó un golpe estruendoso contra un vidrio haciéndolo añicos.

—¡Dios mío! —exclamó Hannah angustiada corriendo hacia la ventana.

—¿Qué es? —preguntaron a coro las muchachas, quienes también fueron a la ventana.

—¡El pintor! —gritó Hannah—. ¡Su escalera debió romperse haciéndole caer!

Las cuatro miraron hacia el jardín donde el hombre de overol blanco se encontraba ya de pie, pero balanceándose aturdido. La escalera aún estaba tirada sobre el césped, a pocos metros de él.

—Ojalá no esté malherido —dijo Hannah—. Mejor bajamos a investigar.

Apenas lo había hecho cuando el hombre caminó cojeando por el jardín hacia un camión estacionado enfrente de la casa de la familia Drew. Nancy bajó los escalones de dos en dos, las demás iban atrás de ella, pero cuando llegaron al jardín el hombre subía al camión.

—¿Está usted bien? —gritó Nancy al hombre.

Pero él se sentó al volante, cerró la puerta y puso en marcha el motor. Nancy regresó a casa encontrando a sus amigas y a Hannah a mitad del camino. El ama de llaves aún llevaba el manuscrito en la mano.

—La escalera debió romperse —comentó la señora—, golpeando la ventana del comedor.

Nancy observó el boquete junto al montón de vidrios rotos, muy cerca de la puerta de la casa.

—Llamaré a la compañía de pintores inmediatamente —anunció.

—Ese joven actuó en forma extraña, ¿no lo creen? —dijo Bess.

—Ojalá esté bien —dijo Hannah.

Nancy marcó el número telefónico de los pintores Kell y Kell, y habló con el dueño, el señor Óscar Kell. Éste ofreció ir de inmediato para ver los daños. Mientras esperaban, Nancy y las otras muchachas decidieron ir al lugar de los hechos para realizar una segunda inspección.

—Ten cuidado —previno George mientras Nancy pasaba entre los vidrios rotos.

—¿Qué piensas de esto? —preguntó Nancy ignorando el comentario de su amiga, y señaló un bote de pintura colocado en el piso, a unos metros de la ventana.

—Es pintura blanca —dijo Bess—. ¿Qué éstas pensando?

—Si él estaba trabajando en el marco de la puerta, el bote se habría caído, derramándose en el piso, ¿verdad? —cuestionó Nancy.

—Tienes razón —admitió George—. Él subió sin el bote. Me pregunto, ¿por qué haría eso?

—Tengo la idea de que ese hombre solamente nos estaba espiando.

2

La desaparición

—¿Qué tanto crees que el pintor haya logrado oír de nuestra conversación? —preguntó Bess cuando Nancy hubo revelado sus conclusiones.

—Probablemente sólo fragmentos —contestó Nancy—, pero lo suficiente para darle ideas.

—Bueno, yo no me preocuparía tanto por esto —dijo George—. Él no descubrió la solución que enviarás al concurso.

—Eso es verdad, pero te apuesto que él quería saberlo —añadió Nancy—. Debió habernos escuchado hablar acerca del misterio, mientras pintaba cerca de la ventana. Por esta razón, movió la escalera en dirección de mi ventana y subió otra vez. Por supuesto, al hacer esto perdió parte de la conversación.

George aprobó con la cabeza y dijo:

—¡Probablemente mezcló toda la información y se figura que existe una conexión entre el concurso y la historia de madama Chambray!

Mientras George hablaba, un camión entró a la cochera de la casa. Un hombre de mediana edad y de rasgos ordinarios salió del vehículo.

—Estoy buscando a la señorita Nancy Drew —dijo a las muchachas.

—¿Señor Kell? —preguntó Nancy.

—Soy yo —dijo el hombre levantando las cejas en señal de asombro al ver la ventana rota—. Discúlpeme, no pude llegar antes; estaba esperando que Matey regresara con el camión.

—¿Lo hizo? —cuestionó Nancy impaciente.

—Sí, y antes que pudiera investigar qué había pasado, renunció a su empleo. Según dijo, estaba cansado de pintar casas. Cuando le pregunté qué intentaba hacer, me dijo que buscaría un tesoro. ¡Una maniobra bastante inteligente!

Nancy no deseaba revelar sus sospechas, por eso preguntó fingiendo ingenuidad.

—¿Cuál era su apellido?

—Johnson —informó el señor Kell—. Fue marinero; me imagino que treparse al mástil fue un buen entrenamiento para la clase de trabajo que realizaba para mí.

—¿Permaneció con usted mucho tiempo? —preguntó Nancy.

—Un año. Estuvo bajo palabra durante un tiempo corto —dijo el señor con voz vacilante—. Pero se portó muy bien; era buen pintor.

Bess y George hicieron lo posible por ocultar su ansiedad mientras Nancy hablaba con el señor Kell. Luego, Hannah apareció por la puerta del comedor y durante algunos momentos, ella y el contratista discutieron los detalles de la reparación.

Cuando se fue, Bess tomó del brazo a Nancy y le dijo asombrada:

—¡No lo creo! ¡El pintor es un ex convicto!

—Quizá Matey Johnson era ¡el espía del segundo piso! —concluyó Nancy.

—¡Tal vez, él se *escurrió* a tu cuarto para robar el manuscrito! —exclamó George.

—Pero no lo hizo —señaló Nancy con calma—. Por supuesto, si lo hubiera hecho, podría haber copiado el final para enviarlo al concurso. Entonces, si Matey lo inscribiera primero, el jurado me acusaría de plagio.

—¡Qué horror! —dijo George—. Pero él sería el plagiario; ¡él robó la idea!

—Ya lo sé —expresó Nancy—; pero, ¿cómo podría yo probarlo?

—Nosotras seríamos tus testigos —expresó Bess muy entusiasta.

—Ustedes son más que eso —sonrío Nancy—. ¡Son mis mejores amigas!

—Ya lo creo; ¿qué hay del almuerzo? —exclamó George, cambiando de tema.

—¡No nos digas que estás hambrienta! —comentó su prima muy sorprendida.

Las muchachas fueron por sus bolsos. Nancy vio el manuscrito en el pasillo donde Hannah lo había dejado cuando regresó a la casa. La chica lo guardó, en seguida, dentro del clóset antes de seguir a sus amigas, quienes ya estaban afuera.

Abordaron el auto de Nancy dirigiéndose al cercano restaurante *Pepinos y Ciruelas*. Afuera había hileras de mesas circulares amarillas. Cada una tenía una sombrilla floreada colocada en el centro.

De todas esas sombrillas coloridas, sólo unas cuantas no estaban abiertas.

—Disfrutemos un poco del sol —sugirió Nancy recordando la promesa hecha a Hannah.

Las muchachas escogieron una mesa cuya sombrilla estaba cerrada, y en cuestión de segundos un mesero larguirucho, vestido con pantalones de mezclilla y camisa floreada, les trajo la carta.

Tan pronto como Bess hubo ordenado una fruta exótica y ensalada de yogurt, se dirigió a Nancy:

—Nosotros no pudimos leer el resto de tu historia; por lo tanto, haz el favor de decirnos, en este instante, cómo termina.

Nancy afirmó estar segura de la existencia de un mensaje en los puños de encaje, el cual incitó a François a desaparecer.

—¿Qué clase de mensaje? —insistió Bess.

—Tengo un fuerte presentimiento de que la muchacha, que hizo los puños estaba enamorada de François, pero él no la amaba. Tal vez porque temía que tanto su familia como la de ella arreglaran otro compromiso matrimonial. En ese tiempo, los jóvenes tenían muy poco qué decir acerca de los asuntos matrimoniales.

—¡Qué horrible! —exclamó George.

—Según sé, todavía en algunos países se acostumbra arreglar matrimonios —informó Nancy.

—Bueno, ¡cómo me alegro de no vivir en uno de ellos! —declaró George.

Bess vio la oportunidad de hacer una broma a su prima.

—Seguramente, Burt está feliz también —comentó sonriendo.

En respuesta, George arrugó la nariz pues Burt Eddleton era su galán favorito.

—Por supuesto —dijo Nancy interrumpiendo la discusión entre las primas—. No creo que François haya salido nunca de Bélgica.

—¡Qué! —exclamaron a coro Bess y George, quienes estaban totalmente perturbadas.

—Pero la historia dice que él desapareció —hizo notar George.

—Y lo hizo, pero de Bruselas. Tengo la idea de que él permaneció en su país natal. Verán: él estaba muy interesado en pintar. No mencioné esto antes; él siempre quiso estudiar con Dirk Gelder, aquel famoso maestro de Brujas en el siglo XIX. Pienso que François fue allá.

—Pero eso no está lejos de Bruselas —opinó George.

—Ya lo sé. Sin embargo, él cambió un poco su apariencia y aprendió a hablar el dialecto de ese pueblo. Así pudo ocultarse con facilidad para no ser reconocido.

—¿No hablan flamenco allá? —preguntó Bess.

—El flamenco se habla en Flandes —admitió Nancy—. Pero, como ustedes saben, los habitantes de Brujas tienen su propio dialecto.

Mientras la conversación seguía, el larguirucho mesero colocó tres grandes platos de ensalada delante de las jovencitas.

—Según dijiste, François se llevó una fortuna al irse —recordó George—. En esos días el robo era tan común como ahora. ¿No se te ha ocurrido que pudieron haberlo asaltado y asesinado?

Nancy admitió tener en mente la misma idea.

—Pero la historia de la revista ni siquiera insinúa esa trampa. Mi impresión es que François cambió por completo su apariencia y estilo de vida. Quizá se dejó crecer la barba y cambió su vestimenta para ocultar su personalidad.

—En tu historia —preguntó Bess—, ¿qué nombre adoptó?

—Karl van Pelt.

—Yo todavía pienso que esto es increíble —insistió George—, ese hombre tan atractivo no pudo vivir a sólo sesenta millas de distancia de Bruselas sin haber sido identificado nunca. Sólo su ropa...

—En realidad —interrumpió Nancy—, no olvides que de acuerdo con la revista, él no llevó otras ropas, sólo su jubón rojo con puños de encaje. Por supuesto, él no quería ser visto con equipaje alguno que indicara su viaje o su mudanza. Él pudo haber escondido el supuesto tesoro en sus mangas, bolsillos y zapatos, enrollándolo en su jubón, para hacer un paquetito.

—En ese caso —apuntó George—, la fortuna personal de François Lefèvre no pudo haber sido dinero ni tampoco alhajas.

Nancy afirmó con la cabeza.

—Exactamente. En mi historia relaté que él empleó algo de dinero sólo para iniciar un exitoso negocio, y a su muerte, donó su jubón rojo a un museo belga.

—Sólo imaginen —dijo Bess enterrando su tenedor en un cubo de melón fresco—, nosotras podremos caminar por las mismas calles empedradas donde François caminó, y ver los mismos canales que él vio y...

George alzó los ojos, haciendo una mueca de disgusto e incredulidad.

—¡Cielos! ¡No sé cómo Dave Evans puede soportar tanta vanalidad! —comentó sobre del simpático chico, novio de Bess.

—Ya estuvo bien, ustedes dos —interrumpió Nancy molesta.

—Tú sabes que mi propuesta de ir a Bélgica es muy seria —afirmó Bess—. Madama Chambray tiene mucho espacio para nosotras en su casa y, ¡mucho más misterio para resolver!

—¿De veras? —preguntó Nancy emocionada.

—Sí. Ella encontró parte de una vieja carta, la cual también dice algo de un tesoro.

—¿No dijo nada más?

Bess negó con la cabeza, diciendo:

—Madama Chambray no reveló muchos detalles en la carta enviada a mi madre, pero desea que nosotras, en especial tú, la visitemos. Sabe que tu padre es abogado y que por lo general, resuelves muchos casos verdaderamente misteriosos.

El corazón de Nancy latía acelerado.

—Estoy muy emocionada —comentó—. Después de trabajar tanto en el misterio del concurso, el único lugar que estoy verdaderamente ansiosa por visitar es ¡Brujas!

—Quién sabe, ¡tal vez encontremos el jubón rojo de François Lefèvre en algún museo! —opinó George sumamente emocionada.

—No debemos anticiparnos mucho —advirtió Nancy—. Después de todo, mi parte de la historia es sólo ficción. Y hablando de esto, debo enviarla en seguida a la revista.

George pidió la cuenta al mesero; en ese momento Nancy pudo ver a alguien inclinarse sobre la defensa delantera de su auto estacionado.

—¿Está sacando el aire a la llanta? —gritó empujando su silla hacia atrás a la vez que corría hacía él—. ¿Qué hace? —volvió a gritar la joven y bella detective.

Por fracción de segundos, el extraño quedó al descubierto. ¡Parecía ser Matey Johnson!

3

El manuscrito extraviado

—¡Alto! —gritó Nancy, corriendo hacia la calle detrás del hombre, quien huyó ligero como un gato, evitando con agilidad ser atropellado por algunos autos y ciclistas antes de desaparecer en un callejón.

Limitada por el abundante tránsito, Nancy no intentó cruzar la calle. George y Bess, quiénes habían pagado rápidamente al mesero, estaban mirando ahora la llanta delantera derecha del auto de Nancy. ¡El neumático se estaba desinflando, inevitablemente, cada vez más!

—¡Qué pena! —enfatizó Bess.

—Después de todo, ¿quién sería ese sujeto? —cuestionó George.

—Estoy seguro que era Matey Johnson. No lo vi bien cuando estaba en la casa, pero sí recuerdo su cabello pelirrojo.

Entre tanto, Nancy sacó una bomba de aire del automóvil y la colocó en la llanta, mientras escuchaba a sus amigas comentar el acontecimiento.

—¿Por qué Matey Johnson desinfló la llanta del auto de Nancy? —Bess preguntaba a su prima.

—Es obvio; él quería entretenernos un buen rato en este lugar —dijo George.

—Bueno, pues lo logró —comentó Nancy, observando el medidor de presión de aire, el cual ascendía lentamente.

—No supones —sugirió Bess—, ¿que él está planeando regresar a tu casa?

—Exactamente eso estoy pensando —dijo Nancy—. ¡Si sólo pudiera apurar un poco más a esta bomba de aire!

Por fin, el neumático quedó arreglado.

—Vigilen todo —ordenó la joven detective a sus amigas—. Voy a telefonear a Hannah.

Nancy entró al restaurante, otra vez, para usar el teléfono público. En menos de cinco minutos, regresó con una expresión sombría en el rostro.

—¿Qué pasa? —preguntó Bess.

—No hay nadie en casa.

—¡Oh! —exclamó George. Entonces, vio venir hacia ellas, una patrulla de River Heights—. ¿No es el jefe McGinnis? —preguntó.

Nancy agitó sus manos muy entusiasta y en voz alta lo llamó:

—¡Jefe! ¡Jefe McGinnis!

El joven oficial que conducía estacionó la patrulla detrás del auto de Nancy. Luego, el jefe bajó.

—¿Qué pasó? —cuestionó el oficial McGinnis viendo la llanta—. ¿Se le metió algún clavo?

Brevemente, Nancy explicó, añadiendo su gran temor de que Matey Johnson estuviera en camino a su casa, para robar algo importante.

—En ese caso —dijo el policía mirando al otro uniformado—, tú quédate aquí con las muchachas. Yo llevaré a Nancy a su casa.

La joven detective dio las llaves de su auto a George, metiendo su licencia en la guantera. Cuando ella y el jefe McGinnis entraron a la cochera de su casa, la muchacha corrió hacia la puerta principal; pasó junto a la escalera, ahora recargada contra la pared de la casa, nuevamente. Buscó sus llaves, abrió la puerta y subió al primer piso.

—¡Ya no está! —exclamó Nancy—. ¡Oh, jefe, la carta de la cual le hablé ya no está!

—¿Estás segura? —preguntó el oficial cuando llegó al lugar.

Nancy revolvía, nerviosa, muchos papeles, los cuales estaban sobre su escritorio; abría cajones y revisaba atrás y debajo del mueble. No había señales de la carta de madama Chambray.

—¿Qué hay de tu manuscrito? —cuestionó el oficial, bastante preocupado.

—Lo dejé en el clóset del corredor —dijo Nancy—. Iré a revisar —avisó y bajó corriendo para abrir la puerta del clóset.

—¡Gracias a Dios! —grito—. ¡Todavía está aquí, en el armario.

—El ladrón no pudo encontrarlo —concluyó el policía quien siguió a la chica hasta la planta baja.

Nancy afirmó con la cabeza.

—Matey Johnson debió haberlo buscado en mi cuarto. Pero Hannah lo trajo aquí y yo lo guardé antes que fuéramos a almorzar.

—Nancy —dijo el oficial de policía—, me gustaría prevenirte de algo. A pesar de haber visto a Johnson desinflando el neumático de tu auto no tienes prueba alguna de que él haya entrado a robar a tu casa. Por tanto, yo te aconsejo no levantar ningún cargo, porque legalmente no podrías acusarlo.

La bella jovencita estuvo de acuerdo con esta observación, aunque repuso:

—Pero tengo una idea; la escalera que vio en la planta baja fue movida por alguien. Voy a buscar huellas digitales; si pertenecen a Matey...

Su voz se apagaba mientras sacaba el estuche del localizador de huellas digitales, de un cajón de su escritorio, y salía con el policía.

—Tú sabes, Nancy —comentaba el jefe sonriendo—, ¡nunca te había visto levantar huellas digitales! Veré qué pericia tienes.

—¿Hay alguna oportunidad de entrar al cuerpo policiaco? —preguntó Nancy mientras sacaba un bote atomizador del estuche.

—¡Sólo avísame cuando estés lista!

La joven detective roció el aerosol sobre algunas partes de la escalera; luego colocó una cinta adhesiva especial sobre las huellas todavía frescas. Despegó la cinta y las impresiones quedaron bajo una cubierta plástica.

—¿Podría identificar esto por mí? —preguntó Nancy, un poco ansiosa.

—Apenas regrese al cuartel general —prometió el jefe McGinnis.

Mientras él se alejaba por la calle, Bess y George daban vueltas a la esquina.

—¿Todo está bien? —preguntó Bess, atravesando el jardín en dirección de su amiga.

—Me temo que no —admitió Nancy apesadumbrada—. Aquella carta enviada por madama Chambray a tu mamá está extraviada y yo casi estoy segura de que Matey Johnson fue quien la robó. Estoy esperando que el jefe McGinnis identifique algunas huellas digitales para mí.

Bess y George estaban estupefactas.

—¿Qué hay del manuscrito? —preguntó George—. ¿Se lo robaron también?

—No, por fortuna —dijo la joven detective—, y antes de que le pase algo, mecanografiaré el final y lo enviaré a la revista *Círculo y Cuadro.*

—Esto es, en realidad, muy emocionante —enfatizó Bess abrazando con fuerza a su amiga—. ¡Ojalá ganes el primer premio!

—Gracias —expresó Nancy con cariño—. La revista está otorgando bastante dinero como premio al primer lugar, el cual me gustaría donar para alguna obra de caridad.

Cuando Nancy hubo mecanografiado y envuelto el cuento en un precioso paquete, todas las muchachas se fueron a la oficina de correos de River Heights, donde Nancy les sugirió a sus amigas llamar nuevamente al señor Óscar Kell.

—Quisiera que me diera el domicilio de Matey Johnson —dijo Nancy.

—No estás planeando ir a visitar a Matey, ¿verdad? —preguntó Bess nerviosa.

—Creo que sí —afirmó Nancy y condujo su auto con rapidez hacia el parque industrial, ubicado en las afueras de la ciudad.

Kell y Kell era una compañía grande con una agradable oficina. Cuando Nancy saludó a la joven quien estaba detrás del escritorio, y pidió ver al dueño, la recepcionista sonrío.

—¡Oh! ¿Verdaderamente es usted Nancy Drew? ¡Cómo envidio sus viajes alrededor del mundo resolviendo misterios! ¿Empiezan éstos siempre por una simpleza, como el hecho de que una escalera se caiga o algo así? —dijo ella, y Nancy y sus amigas rieron fuertemente.

—No es tan simple —contestó Nancy.

—Pero es sólo el comienzo —añadió Bess cuando la recepcionista anunciaba a las visitantes con el señor Kell.

De inmediato éste salió de su oficina.

—No más problemas, espero —dijo el señor.

La joven detective se mordió el labio, no quería decir nada delante de la recepcionista.

—¿Podemos hablar en privado? —preguntó.

—Por supuesto.

Tan escuetamente como pudo, Nancy le informó lo sucedido esa tarde.

—¿Podría darme el domicilio del señor Johnson? —pidió Nancy.

—Él se hospedaba en casa de un amigo mientras trabajó aquí —dijo el señor Kell—. A decir verdad, su amigo, André Bergère, trabajó hace unos años aquí; un tipo solitario y no muy amigable con sus compañeros de la tienda.

El dueño llamó a la recepcionista para pedirle la dirección, la cual estaba en el sector de River Heights, donde vivían muchos europeos.

—¿Tienen miedo de ir? —preguntó Nancy a sus entusiastas amigas.

—Claro que no —afirmó Bess muy renuente—, sólo que no deseo un encuentro cara a cara con André y menos con Matey.

Cuando las muchachas llegaron al domicilio, ningún nombre de los buscados estaba en el directorio del vestíbulo. Bess se tranquilizó.

—Bueno, eso lo arregla todo —afirmó Bess—. Vámonos a casa.

—Todavía no —contradijo Nancy.

Decidió llamar a la puerta de un inquilino del primer piso; al llamado respondió un hombre ya entrado en años.

—¿Sabe usted, de casualidad, si vive aquí el señor André Bergère? —preguntó la chica.

—No, él ya no vive aquí. Se mudó hace poco.

—¿Dijo a dónde se iba? —insistió George.

—Supongo que a Europa.

—Eso es muy interesante —comentó Bess—. ¿No sabe si fue a Bélgica?

El anciano inquilino levantó los hombros en señal de desconocimiento.

—No tengo idea —contestó—. Discúlpenme, si no he sido una gran ayuda para ustedes, muchachas.

—Ahora, ¿qué? —preguntó George.

Nancy dijo que quería discutir todo esto con su padre, al día siguiente, cuando éste regresara de su viaje de negocios.

—Bueno, ¡pero no resuelvas el misterio antes de que nos volvamos a ver! —exclamó Bess cuando ella y su prima fueron a cumplir unos encargos.

—No se preocupen —dijo Nancy con suavidad—. ¡No tendré oportunidad!

Las chicas se despidieron en el centro comercial del distrito. Nancy regresó a casa para encontrar a Hannah tejiendo un suéter, y esperando que se cociera un pastel que tenía en el horno.

—Algo huele delicioso —exclamó Nancy.

—Tu favorito... pastel de carne —sonrió el ama de llaves—. Pensé que desearías festejar la terminación de tu manuscrito.

—¡Oh, Hannah! Eres maravillosa. ¡Siempre haces algo para verme feliz!

Esa tarde, Nancy fue a la cama temprano, pensando si su envío de entrega inmediata llegaría a las oficinas de la revista tan rápido como se lo habían prometido en la oficina de correos.

"Y, ¿si lo interceptan?", pensó angustiada, pero en seguida reaccionó y se regañó a sí misma. "Eso era tonto. ¿Por qué alguien habría...?"

Decidió dormir, pero a la mañana siguiente, ya un poco tarde, no pudo resistir más y llamó a la revista *Círculo y Cuadro* para averiguar si habían recibido su manuscrito para el concurso.

Del otro lado de la línea, una joven mujer fue bastante cortante y ruda al contestar su llamado.

—Algunos de los envíos no llegan aún —dijo con tono pedante—. Llame después, señorita —agregó y cortó la comunicación.

Para la inquietud de Nancy, la respuesta había sido muy decepcionante esa tarde. El manuscrito no había llegado a su destino; por lo tanto decidió nuevamente ir a la oficina de correos.

El empleado en turno ofreció poner una contraseña en el paquete.

—Regrese en unos días —sugirió el empleado a la intranquila detective.

"Pero el concurso cierra mañana", pensó Nancy desesperada. "¿Qué voy a hacer?"

Nancy corrió al bufete de su padre y con la ayuda de su secretaria, la señora Hanson, fotocopió las pruebas al carbón que conservaba de su original.

Inmediatamente después, aprovechando que su tía Eloísa vivía en Nueva York y podría llevar personalmente el paquete a la revista en esa ciudad, Nancy regresó a la oficina de correos.

—Este paquete debe llegar mañana a Nueva York, —pidió Nancy—, por favor, envíelo de la manera más rápida posible.

—No puedo prometer otro medio más rápido —informó el empleado—. Hay una huelga de transportes en esa ciudad y los envíos de correo están tardando mucho para llegar.

—¡Oh, Dios! —exclamó Nancy verdaderamente preocupada.

¿Qué tal si su manuscrito no llegaba a la revista *Círculo y Cuadro* al día siguiente? Si la revista no lo recibía a tiempo ¡perdería la oportunidad de entrar al concurso!

4

La llamada inteligente

Al ver la expresión apesadumbrada en la mirada de Nancy, el empleado postal le dijo con amabilidad:

—Aunque el correo exprés generalmente llega, no importa qué ocurra.

—Así lo espero —comentó Nancy.

Esa tarde antes que su papá llegara a casa, Nancy telefoneó a su tía.

—Tía Eloísa, ¿te importaría hacerme un favor muy especial? —inquirió la jovencita.

—Me dará mucho gusto. Solamente dime qué deseas —contestó la señora Drew.

Brevemente Nancy le contó lo del manuscrito, cómo se había extraviado la primera copia, y el envío de la segunda a ella, quien debería entregarla en persona.

—Odio darte problemas con esto en medio de una huelga de transportes —se disculpó Nancy—, pero la oficina de la revista no está muy lejos de tu apartamento. ¿Te molestaría mucho?

—No seas tonta. Por supuesto que no —contestó la gentil señora—. Me gustaría que pudieras venir a visitarme. No te veo hace mucho tiempo, querida Nancy.

Su sobrina prometió que trataría de pasar un fin de semana en Nueva York, muy pronto.

—Y, ¡llevaré mi bicicleta! —añadió con una sonrisa pícara.

Cuando Carson Drew llegó a casa, avanzada la noche, Nancy estaba ansiosa por contarle todos los acontecimientos recientes, sucedidos en la casa de la familia Drew. Uno por uno, fue relatando a su padre todos los problemas.

—No te preocupes por tu manuscrito —musitó el alto y distinguido hombre—. Tu tía Eloísa se encargará de que tu paquete llegue con prontitud a la persona más adecuada.

—Estoy segura de eso papá, —dijo Nancy—. Sólo que...

—Ganar el concurso no lo es todo, bien lo sabes —expresó el señor Drew haciendo reír a su hija—. He reflexionado seriamente, Nancy. Y de todo lo dicho, creo que debes considerar formalmente esa futura investigación que te proponen.

—Oh, papá, ¿quieres decir...? —exclamó Nancy muy jubilosa.

—Sí, eso quiero decir.

La joven detective abrazó a su padre, llena de entusiasmo y felicidad.

—¡Bess, George y yo fuimos invitadas a casa de madama Chambray! —dijo y corrió al teléfono.

A la mañana siguiente, las tres amigas habían platicado ya varias veces: discutieron acerca de los detalles del viaje, la ropa para llevar y llamaron, por larga distancia, a madama Chambray.

Después del desayuno, el teléfono sonó de nuevo. Esta vez era la tía Eloísa.

—Buenas noticias, querida —informó a Nancy—. Tu original llegó y lo llevé en seguida a la oficina de la revista *Círculo y Cuadro*.

—¡Maravilloso! —dijo Nancy.

—Bueno, no del todo —la voz de la señora Drew se ensombreció—. Pedí ver al señor Miller, editor en jefe de la compañía; pero, antes que la recepcionista pudiera llamar a su oficina, otro hombre llegó hasta donde yo estaba y me preguntó: "¿Tiene el original de Nancy Drew? ¡Yo lo entregaré!" Por supuesto que no se lo di. Esto le molestó mucho y yo temí que discutiéramos el asunto.

—¡Oh, Dios! —exclamó Nancy—. ¿Quién era?

—No lo sé. Por fortuna, el señor Miller llegó en ese momento. La recepcionista le dijo que yo estaba entregando la segunda copia de tu cuento porque la primera se había perdido en el camino.

Nancy apuraba cada palabra.

—¿Qué hizo el otro hombre? —preguntó.

—El señor Miller se dirigió a él diciéndole: "Usted no está relacionado con este concurso, ¿o sí, señor Rocke?" Éste negó estarlo y dijo que sólo se había ofrecido a llevar el paquete a la persona indicada. A decir verdad, Nancy, esto me dio mala espina; por lo tanto, insistí en que el señor Miller fuera quien cuidara personalmente la entrada de tu escrito al concurso.

—Muchas gracias, tía Eloísa —dijo Nancy, agradecida—. Eres mi salvavidas.

Al cortar la comunicación, Nancy relató la conversación a Hannah Gruen; luego llamó a su papá a la oficina. Él estaba tan intrigado como su joven hija.

—Sólo es un concurso de revista —comentó el abogado Drew.

—Eso mismo pensé —dijo Nancy.

Decidida a olvidar por el momento el extraño encuentro de su tía Eloísa, Nancy se dirigió al centro de la ciudad a comprar algunas cosas para el viaje. En el camino recordó que no había tenido noticias del jefe McGinnis y se detuvo en el cuartel general de la policía.

—Debí haberte llamado ayer, Nancy —se disculpó el oficial—, pero estaba entretenido con un par de asuntos. Las huellas digitales sí pertenecen a Matey Johnson; al parecer, fue él quien te robó la carta. Aun así, tal vez se dificulte probarlo. Lo estoy esperando para se reporte con su oficial.

—Probablemente no lo haga —dijo Nancy e informó al policía acerca de su visita a la casa de apartamentos donde vivió por un tiempo—. Debí haber mencionado esto tan pronto como lo descubrí. Pero, estaba muy preocupada por enviar mi original a la revista y más ahora porque me voy a Europa, por un caso, que me encomendaron.

—Bueno, te deseo buen viaje...

—Será uno de misterio —interrumpió Nancy, recordándole al jefe McGinnis la historia de la antigua cruz de madama Chambray, y su dueño, aparentemente desaparecido.

Al salir del cuartel general de la policía, hizo algunas compras, incluyendo un hermoso y grueso suéter azul el cual hacía juego con sus ojos; luego regresó a casa. Para su deleite, Hannah le informó que Ned Nickerson había llamado por teléfono. Él y Nancy eran novios; por un momento, la imagen del alto y bien parecido atleta del Colegio Emerson apareció de manera grata en su mente.

—Nancy —dijo la señora Gruen, interrumpiendo el ensueño de la chica—, ¡pobre Ned, tiene laringitis!

Apenas puede hablar pero quería saber cómo estás y qué estás haciendo. Cuando le hablé de tu viaje a Bélgica, con Bess y George, para resolver un misterio, se oyó muy deprimido y dijo que desearía acompañarte.

—A mí también me gustaría —expresó Nancy—, pero él tiene un empleo de verano y, según sé, no puede por el momento dejarlo.

Ansiosa por hablar con él, Nancy marcó el número telefónico. Para su sorpresa, la voz de Ned era clara como el tañido de campana. ¡Él dijo que no le había telefoneado!

Un espantoso temblor empezó a invadirla conforme iba revelando a Ned sus planes.

—Entonces Hannah le dijo a un extraño que Bess, George y yo iremos a Bélgica para tratar de aclarar un misterioso caso.

—Eso está mal —enfatizó Ned—. Siento no poder ir contigo para protegerte, pero es imposible para mí, en este momento. ¿Te veré antes de que te vayas, está bien?

—No lo sé —dijo Nancy—. Nos iremos tan pronto como estén listas nuestras reservaciones —agregó estar contenta de que Hannah no estuviera enterada de los detalles del vuelo—. Por esta razón, tu impostor no descubrió nada definitivo con relación a nuestra salida.

Ned estuvo de acuerdo con su novia.

—Pero, cuando averigües qué vuelo tomarán, por favor, dímelo, ¿me lo prometes?

—Prometido —respondió Nancy.

Con todas las cosas pendientes, el resto del día transcurrió volando. A la hora de irse a la cama, Nancy, acurrucada entre las cobijas, reflexionaba acerca de todas las cosas que había por hacer. Luego, bostezando profundamente, se quedó dormida con total placidez.

Pocas horas después, un ruido metálico la despertó. Estuvo muy atenta; pero el ruido cesó. ¿Estaba soñando?

Nancy cerró los ojos, otra vez, convenciéndose de ignorar la interrupción. Entonces, oyó: *clip, clip, clip*.

"¿Qué es ese ruido?", se preguntó, levantando la cabeza de la almohada. Miró hacia la ventana de su cuarto donde la sombra de una cara se reflejaba gracias a la luz de la luna.

¡Un hombre rompía el mosquitero con unas tijeras enormes!

5

Intruso de medianoche

El corazón de Nancy latía más fuerte conforme observaba las afiladas hojas de las tijeras cortando el mosquitero. Con desesperación, la chica se preguntaba qué hacer. Si cerrara la ventana y corriera el pasador, el intruso no podría entrar a su cuarto.

"Él escaparía para estar seguro". Nancy se decidió al recapacitar: "¡Regresará en otra ocasión cuando yo no tenga tiempo de atraparlo!"

Salió de su cama, y en silencio, caminó de puntitas al cuarto de su padre.

—¡Papá! —murmuró con firmeza—. ¡Papá, despierta! ¡Alguien trata de entrar a mi cuarto!

El señor Drew se movió perezosamente, balbuciendo algunas palabras como respuesta.

—¡Papá! —repitió Nancy nerviosa, cuando por fin él abrió los ojos—. ¡Un ladrón quiere entrar a mi habitación!

—¿Dónde está? —preguntó su padre. Ahora ya despierto, siguió a Nancy a su habitación.

Allí, ¡mirando hacia la cama vacía de la chica, estaba parado el intruso! Al instante el señor Drew se lanzó contra el hombre, arrojándolo al suelo. Mantuvo al delincuente con los brazos hacia atrás evitando que sacara un arma.

—¡Déjeme ir! —exigió el extraño y trató en vano de zafarse de su captor; pero el señor Drew, ¡le dio un puñetazo en el mentón!

—¡Llama a la policía, Nancy! —pidió su padre, sosteniendo al prisionero.

Para entonces la joven detective ya estaba llamando al cuartel general. Después, narró al sargento en turno lo sucedido en su casa.

—Por favor, apúrense a venir —pidió terminando la conversación. Luego volvió con su padre—. Enviarán a dos policías de inmediato.

Una vez más, el capturado luchó para liberarse. Levantó sus rodillas y sumió sus pies en la mullida alfombra tratando de impulsarse.

—No, usted no se va —advirtió Nancy al hombre forzándolo a bajar sus rodillas; luego se sentó con fuerza sobre ellas.

—¡Ay! —gritó el hombre con furia—. ¡Bájese! ¡Me está quebrando los huesos!

El escándalo de la habitación llegó a la pieza siguiente, donde Hannah Gruen dormía. Ésta despertó y fue a ver qué sucedía; sobresaltada por la luz encendida, gritó con temor:

—¡Oh, Dios mío! ¿Quién es él?

—Eres Matey Johnson, ¿verdad? —preguntó a su vez Nancy, mientras se inclinaba para ver el pelo rojizo del sujeto; estaba pálido y boquiabierto por la sorpresa.

—Bueno, cuando llegue la policía... —decía Nancy en el momento que sonó el timbre de la puerta principal.

Hannah bajó aprisa y dos policías subieron a la recámara esposando de inmediato al prisionero. Después de leerle sus derechos, un policía le dijo:

—¿No lo he visto rondando la jefatura de policía...?

El delincuente apretó los labios furioso.

—Éste es Matey Johnson —lo identificó Nancy—. Estaba libre bajo palabra.

—¿Cómo sabe usted e...? —empezó a hablar el delincuente, quien luego guardó silencio.

—¿Por qué entró a mi casa? —preguntó Nancy—. Usted me robó la carta de la señora Marvin. ¿Regresó por el manuscrito?

Matey rehusó contestar.

—Y supongo —continuó interrogando la joven detective—, que la escalera estaba muy a la mano para sus propósitos, ¿verdad?

Nancy sacó una linterna de un cajón de su escritorio y dirigió la luz hacia la ventana rota. Con toda seguridad, ¡la escalera estaba recargada contra la fachada!

—Hicimos muy mal en no haberla guardado en la cochera —dijo la muchacha a su padre.

—Tienes razón —admitió el señor Drew—. Facilitamos más aún el segundo asalto de Johnson. Sólo que esta vez, ¡no se cayó!

Johnson miró amenazadoramente a los oficiales, cuando éstos lo sacaban de la casa. Hannah Gruen cerró con llave la puerta cuando se fueron y exclamó muy asombrada e indignada:

—¡Qué noche tan horrorosa! ¿Verdad, Nancy?

Nancy movió la cabeza aceptando la opinión del ama de llaves.

—Saben, me produjo hambre esta sorpresa. ¿Alguien gusta un refrigerio? —preguntó a su padre y a la enojada sirvienta.

El señor Drew, riendo, siguió a Hannah y a su hija a la cocina.

—¡Apuesto a que perdí algunas calorías sentada sobre las rodillas de ese individuo! ¿Qué tal una rebanada de ese budín de arroz, Hannah?

—Al momento —dijo—. Todos deberíamos comer algo para calmar los nervios.

Mientras Hannah servía el budín de arroz, Nancy preparaba humeantes tazas de chocolate caliente, copeteadas con crema batida.

—¡Es una lástima que no hayas podido recuperar tu carta, extraída por el señor Johnson! —dijo el abogado a su intrépida hija.

Nancy levantó los hombros mientras llevaba un poco de crema a su boca.

—Me alegra que lo hayamos atrapado —dijo—. Lo único molesto es pensar que tal vez él haya mostrado mi carta a algún extraño, tal como André Bergère.

A la mañana siguiente, Nancy contó a Bess y a George todo lo relacionado con el intruso nocturno, y el valor mostrado por el señor Drew.

—Me parece que tú también fuiste muy valiente —añadió Bess—. ¡Yo me habría quedado paralizada por completo!

—No, eso no es verdad —afirmó Nancy—. Has estado conmigo en muchas situaciones peligrosas y te has portado bien.

—Ojalá no haya nada de esto en Bélgica —dijo Bess, ruborizándose, y permitió a su amiga narrar la conversación sostenida entre Hannah y el impostor de Ned. Al oír esto, agregó aterrada—: ¡Oh, no!, quizá deberíamos suspender el viaje.

—Por supuesto que no —contestó la joven detective—, pero si quieres retractarte...

—Yo continuaré —aceptó Bess renuente—, aunque sea un estorbo todo el tiempo.

La reacción de George fue muy diferente. El breve lapso en que escuchó la historia de Nancy fue suficiente para tomar una determinación:

—¡Mientras más pronto salgamos de Estados Unidos, más seguras podremos estar!

—Ojalá tengas razón —comentó Nancy—, pero tal vez se nos presenten problemas en el viaje a Bélgica.

—¿Estás insinuando que tendremos problemas con Bergère? —dijo George, añadiendo con agudeza—: Bueno, vamos a hablar de algo más agradable. Según dice Burt, él, Dave y Ned quieren venir mañana a despedirnos. Y ya que tenemos poco tiempo antes de partir...

—Escuchen —interrumpió Nancy—, quiero que todos cenemos aquí, ¿está bien?

—¡Fabuloso! —comentó George.

Las muchachas hablaron con sus amigos del Colegio Emerson en seguida.

Cuando los muchachos llegaron, a la tarde siguiente, Dave les sugirió ir a un espectáculo local seguido de un baile para recaudar fondos, y ayudar a una casa de niños minusválidos.

Dave, quien había llevado a Burt y a Ned a casa de la familia Drew, se culpaba por no haber pensado antes en un detalle.

—Soy un tonto —dijo—. Somos seis y en mi auto sólo caben cuatro.

—No importa —exclamó Nancy—. Ned y yo nos iremos en mi automóvil.

Las tres parejas se fueron en dos autos, pero Nancy y Ned no siguieron la misma ruta. Bess y George, con sus novios, llegaron primero; y esperaron a Nancy y a Ned en el vestíbulo.

—Me pregunto dónde estarán —comentó Burt después de ver su reloj impaciente—. Hemos estado aquí aproximadamente quince minutos. ¿Te dijo Nancy algo de parar en el camino?

—No —respondió George.

Ella y los otros observaron a los últimos espectadores ocupar sus asientos.

—Es la última llamada —comentó Dave—. Tal vez deberíamos entrar.

—¿Qué opinas tú, George? —preguntó Bess—. Como sabes, a Nancy no le gusta llegar tarde. Ojalá no les haya pasado nada.

Los aplausos se escucharon a través de la puerta, hasta el vestíbulo, el cual, excepto por los cuatro amigos, estaba vacío.

—Llegarán muy pronto, estoy segura —dijo George mientras se dirigía al auditorio.

En el escenario estaba una bella mujer con una larga y sedosa cabellera, la cual caía sobre los hombros de su vestido de gala. Empezó a cantar suavemente, provocando un gran silencio entre el público. Sin embargo, Bess no podía concentrarse en el concierto que incluía algunas canciones populares y una balada romántica preferida por la chica. Bess se mordió los labios con ansiedad y volteó para ver las puertas cerradas.

—¿Qué pasa? —murmuró Dave a su novia tomando su mano entre las suyas, para reconfortarla.

—¡Presiento que algo horrible les ha pasado a Nancy y a Ned! —contestó Bess muy alarmada.

6

Ataque juvenil

Nancy y Ned seguían el auto de Dave, cuando se dieron cuenta que otro automóvil iba tras ellos. Las luces delanteras de éste crearon un molesto reflejo en el espejo retrovisor del auto de Nancy, razón por la cual Ned, quien manejaba, lo cambió de posición rápidamente.

—En la próxima esquina —dijo Ned—, daré vuelta a la izquierda y apagaré las luces. Si el carro sigue de frente, no nos preocuparemos más.

Nancy, a través de la ventana trasera trataba de ver quién iba en ese vehículo, pero no pudo distinguir la cara de nadie. Ned oprimió el acelerador; viró en la esquina siguiente, apagando las luces mientras rebasaba peligrosamente a un camión estacionado después de la curva.

—Al parecer los perdimos —dijo el joven tomando la ruta anterior otra vez.

—Podemos llegar a la calle principal si damos vuelta al final de ésta —observó Nancy. De repente, una cerca de madera apareció ante su vista, en ella decía:

PUENTE ROTO; CAMINO CERRADO
INUNDACIÓN
¡PELIGRO!

—Discúlpame —dijo Nancy a su novio—. Creo que la vista me está fallando.

Ned levantó los hombros mientras metía reversa para regresar. En ese momento, el auto que los había seguido, ¡se dirigía hacia la pareja!

—¡Oh, no! —gritó Nancy cuando cuatro adolescentes, quienes vestían chamarras con emblemas de arañas impresos, ¡salieron de su vehículo, rodeando el auto de la pareja!

Ellos vieron con malicia a Ned y Nancy. Éstos rápidamente cerraron con seguro las puertas de su auto y subieron los vidrios de las ventanillas. Sin embargo, uno de los muchachos fue más rápido que Nancy; alcanzó a meter su brazo antes que el vidrio fuera subido por completo. Hizo la mano de la chica a un lado y abrió la puerta, jalando a Nancy hacia afuera.

Ned, sin poder evitar todo esto, oprimió con desesperación el claxon, tratando de llamar la atención de alguien lo bastante cercano para oírlo. En ese momento, otro adolescente retiró a Ned del volante y, con la ayuda de otro joven, lo sacó del auto.

Furioso completamente, Ned recuperó en seguida su equilibrio y se lanzó contra dos de los hampones mientras, por sorpresa, otro delincuente lo atacaba por la retaguardia.

—¡Ned, cuidado! —gritó Nancy, quien estaba parada junto al sujeto que la había sacado de su auto. Aparentemente convencido de que la joven estaba todavía muy aterrada para moverse, el tipo la dejó sin ninguna vigilancia y fue a participar en aquella contienda callejera.

Habiendo escuchado el grito de su novia, Ned se agachó y golpeó las piernas de su atacante, jalándolo hacia el suelo.

Nancy sabía que no podía ayudar a Ned en la pelea; por esto dio la vuelta y corrió hacia la calle, ¡lo más rápido posible!

—¡Deténganla! —ordenó uno de aquellos delincuentes. El muchacho que había sacado a Nancy del auto, corrió tras ella. Cuando Nancy dio la vuelta a la esquina, aquellas largas piernas se acercaron más y más a la muchacha. Ya su perseguidor iba muy cerca cuando, de repente, emitió un doloroso grito al tropezar con un escalón que había en el pavimento, haciéndolo caer cuan largo era.

Nancy miró por encima de su hombro, dándose cuenta que al delincuente le sería imposible levantarse. Un poco más tranquila por este hecho, siguió corriendo mientras pedía ayuda a gritos.

Mientras tanto, Ned había sido derrotado por los tres delincuentes, quiénes permanecían atrás de él. Jadeante y exhausto, dejó de pelear.

—¡Nos llevaremos unas partes de tu auto, niño inteligente! —amenazó uno de los adolescentes. Corrió hacia la cajuela de su auto, la abrió sacando una caja de herramientas—. ¡Aquí! —gritó a uno de sus acompañantes—, desconecta la radio, yo quitaré los tapones.

El tercer chico, el más joven, de aproximadamente quince años de edad, se quedó a vigilar al azorado Ned.

Mientras los otros dos delincuentes estaban muy ocupados en el coche de Nancy, Ned recobró sus fuerzas de atleta. Sacó energía y volteando hacia el joven, lo levantó llevándolo hasta la barrera que bloqueaba el camino.

—¡Déjame ir! —ordenaba el jovencito, tratando de huir de Ned.

El capturado agitaba las piernas, lo cual provocó su pesada caída al suelo. Pero Ned sujetó al chico del brazo con mucha fuerza y dio una patada a una tranca de madera; después lo llevó hacia la oscuridad hasta sumergirlo en el agua.

—¡Di a tus amigos que se calmen o te ahogaré en el río! —ordenó Ned.

Para entonces los compañeros del rufián habían llegado a donde estaban Ned y su cautivo; iban listos a golpear al joven atleta otra vez, cuando escucharon acercarse las sirenas de la policía.

—¡La policía —gritó uno de los delincuentes—. ¡Vámonos de aquí!

Dos de ellos huyeron por la calle, demasiado aterrados como para ayudar a su compañero.

—¿Quiénes son ustedes? —preguntó Ned a su prisionero, apremiándolo.

—¡Amigos! —dijo en voz baja y burlona el muchacho retorciéndose y tratando, inútilmente, de patear a Ned en la espinillas.

Ned enterró sus dedos en el brazo del jovencito, quien gritó de dolor, pero no contestó cuando Ned repitió la pregunta.

—Tan pronto como la policía llegue aquí —dijo Ned—, le diré que tú eres el responsable de todo este intento de robo.

—Eso no es verdad. Sammy Johnson nos obligó a hacerlo —confesó el joven.

—¿Quién es él?

Después de una pequeña duda, tuvo que responder a la pregunta:

—¡Él es hermano de Matey Johnson!

En ese momento, la patrulla con su torreta de luces azul y roja se había estacionado detrás de los dos autos.

Dos oficiales y Nancy salieron. Ella corrió al lado de su indómito novio.

—¿Estás bien? —cuestionó la chica descubriendo una ligera contusión en el pómulo del atlético y audaz muchacho.

—Me siento como si hubiera anotado un gol de campo —sonrió Ned.

—Te odio —declaró el delincuente a Nancy.

—¡Pero si yo no te conozco! —afirmó la muchacha mirando con pena al adolescente—. ¿Qué pude haberte hecho?

Antes que pudiera contestar, los oficiales interrumpieron aquel diálogo.

—Vamos, te llevaremos al cuartel general —dijo uno de los policías.

De inmediato Ned les relató la confesión hecha por el muchacho.

—Les apuesto a que estos jóvenes querían perjudicar a Nancy para ayudar a Matey Johnson —concluyó con certeza.

—Increíble —dijo la joven detective—. ¿Era Sammy uno de los miembros de la banda?

El delincuente, que en esos momentos ya estaba esposado, advirtió:

—¡No lo atraparán!

De pie, junto a su auto estacionado entre la cerca y el vehículo de la banda, Nancy expresó su férrea decisión con sarcasmo:

—¡Espero no hacerlo!

Un momento después, una grúa llegó al lugar para mover el auto de los jóvenes. Tan pronto como los tapones fueron puestos en su lugar, la pareja ya estaba lista para marcharse de aquel sitio preocupados por llegar con sus amigos.

—¡Es una lástima que hayan roto la radio al sacarla! —dijo Ned mirando el agujero y los cables colgando debajo del tablero—. La mandaré arreglar mientras estás de viaje.

—Eso habla bien de ti —expresó la muchacha añadiendo—: No puedo imaginarme cómo hiciste para taclear a esos jóvenes. ¡Eres terrible!

Dispuesto a contarle a Nancy todos los detalles de la captura, al final simplemente dijo:

—Sólo llevé a ese pequeñuelo a la zona de gol; quiero decir, ¡al río!

Ned giró el coche y se dirigió hacia la calle principal otra vez, mientras Nancy observaba su reloj de pulsera.

—Ya es demasiado tarde para ir al espectáculo —objetó—. ¿Por qué no nos vamos directamente al baile y nos encontramos con todos ahí? Seguramente Bess, George y los muchachos están muy preocupados por nosotros.

Ned estuvo de acuerdo y como Nancy lo predijo, sus amigos estaban demasiado preocupados cuando ambos llegaron al salón de baile.

—¿Dónde estuvieron? —preguntó George, observando su desaliñado vestuario—. ¿Fueron atacados por un monstruo?

—Por cuatro —informó Nancy pidiéndole a Ned relatara la hazaña.

Cuando él hubo terminado, George enfatizó:

—Ser el capitán de un equipo de futbol americano da magnífica condición física. Pero nunca imaginé que los entrenaran para el ataque múltiple.

Ned sonrió.

—Nunca hubiéramos triunfado de no haber sido por la velocidad de los pies de Nancy. ¡Sí que tiene resorte! —opinó el joven.

—Mejor vamos a bailar —rió Nancy, cuando la orquesta dio inicio a la música. Ned tomó la mano de Nancy llevándola a la pista de baile. ¿Te duelen los huesos al bailar?—preguntó Nancy un poco preocupada.

—¡Nunca! —contestó Ned en tono alegre, llevando a su novia al centro de la pista.

Las otras dos parejas los siguieron. Sin embargo, Bess estaba más asombrada que su prima acerca del comportamiento normal de Nancy.

—Míralos —dijo observando a Nancy y a Ned—. Están bailando como si nada hubiera pasado.

—Tal vez —rió Dave—, la hazaña de Ned haga maravillas en su relación.

Cuando se acercaron a la pareja, Bess dijo en voz baja a su amiga:

—Debes llamar a tu padre para decirle que estás bien. Yo lo llamé por teléfono pensando en la posibilidad de que te hubieras regresado a tu casa por alguna razón.

Haciendo caso al consejo de Bess, Nancy se disculpó por un momento. Su padre y Hannah Gruen estaban felices al escuchar que tanto ella como Ned se encontraban bien después del ataque.

—Esos muchachos deben ser castigados —afirmó Carson Drew—. La gente de esta ciudad no tolerará esas tonterías —hizo una pausa y dijo tiernamente—: Diviértete, querida, pero manténganse juntos cuando regresen a casa.

Nancy prometió hacerlo.

En el transcurso de la noche, los jóvenes platicaron acerca del manuscrito de Nancy, y del misterio escondido en los puños de encaje de François Lefèvre.

—También me gustaría saber a quién pertenece la cruz de diamantes —dijo Burt Eddleton—. Tendrán mucho quehacer en Bélgica.

—Estarán tan ocupadas que no dispondrán de tiempo para enviarnos postales —afirmó Dave.

El día de la salida para Nueva York, los jóvenes las llevaron al aeropuerto. Hicieron una breve parada en la oficina de correos; para sorpresa de Nancy, la copia del recibo firmado por el manuscrito había sido rescatada recientemente, pero la rúbrica era ilegible; la joven detective la mostró a sus amigos, y la metió a su bolso.

—Aparte de esa valiosa *gema* —dijo Ned—, ¿empacaste ya tu cepillo de dientes, tu ropa y mi fotografía autografiada?

—Hice todo, ¡pero al revés! —afirmó Nancy dando un beso de despedida a su novio—. ¡Te traeré muchas y grandes sorpresas!

—¡Soluciona el misterio del encaje antiguo!

Cuando las tres amigas llegaron a la ciudad de Nueva York, tomaron un taxi que las llevó directamente al apartamento de la tía Eloísa Drew. Ella recibió a las muchachas con abrazos y besos, y cuando se instalaron, Nancy contó en seguida a su tía todo lo anteriormente sucedido.

La señora Drew estaba estupefacta.

—¡Terrible! —exclamó viendo fijamente a su sobrina y añadió—: Discúlpame por decirte esto Nancy, pero el editor en jefe de la revista *Círculo y Cuadro* quiere verte lo más pronto posible.

—¿Te dijo por qué? —preguntó Nancy.

—Bueno, sí —contestó la tía Eloísa indecisa de decir más, por lo cual tomó un respiro para darse ánimos antes de hacerlo.

—Podré entenderlo —la animó Nancy.

—¡Al parecer hay una grave acusación en tu contra, querida Nancy!

7

El robo de la bolsa

—¿Qué clase de cargo? —preguntó George—. Nancy no ha hecho nada ilegal.

La tía Eloísa abrazó a su sobrina.

—Por supuesto, ella no lo ha hecho. Hace un momento me llamó mi hermano para darme el mensaje. Según dice, el señor Miller, el hombre a quien di tu manuscrito, no proporcionó más detalles, pero enfatizó que debía verte personalmente en su oficina.

—Son casi las cinco y media —dijo Nancy—. La oficina de la revista debe estar cerrada ya. Iré mañana a primera hora.

Al día siguiente, Nancy hizo una cita para ver al señor Miller.

—Voy contigo —insistió Bess—. Después de todo lo sucedido, no debes ir sola a ningún lugar desconocido.

—Bess tiene razón —convino George—. Yo también iré con ustedes.

—Con dos guardaespaldas para protegerme, ¡debo

estar a salvo! —dijo Nancy mostrando una amplia y agradecida sonrisa.

—Y si todo esto fracasa —bromeó su regordeta amiga—, ¡llamaremos a Ned al rescate!

La tía Eloísa, quien daba clases en una escuela, se había ido; por lo tanto, las visitantes arreglaron el apartamento antes de ir a la entrevista en la oficina de la revista *Círculo y Cuadro*.

Ya en la calle, las muchachas tomaron hacia el Este, pasaron por un parque privado rumbo a la avenida Madison, uno de los lugares con más actividad comercial en la ciudad de Nueva York. La arteria estaba llena de taxis, autobuses atiborrados de pasajeros y multitud de peatones caminando más rápido que los automóviles atorados en el fatigoso tránsito de esa mañana.

—¡Amo a Nueva York! —exclamó Bess, mirando el aparador de una tienda de vestidos italianos—. Toda la ropa es única y la gente maravillosa... —se interrumpió para observar a una chica con cabello negro dentro del establecimiento. Vestía un saco tejido, color verde limón, finísimo—. ¡Cielos, quisiera verme así!

—¡Podrías, si sólo dejaras de comer! —declaró George a su prima mientras la apartaba con prontitud de aquel aparador.

Bess pretendió no escuchar el incisivo comentario y preguntó:

—Nancy, ¡no sería grandioso poder asistir a algunos espectáculos y conciertos también?

—Apenas tengo tiempo de ver al señor Miller —dijo Nancy, cuyos pensamientos estaban más allá de la avenida Madison—. Pero, tal vez podamos hacer una escala en Nueva York cuando regresemos de Bélgica.

Muy pronto, las tres chicas llegaron a la entrada del alto edificio; ahí encontraron el directorio en una pared cercana a los elevadores. La revista *Círculo y Cuadro* estaba en el duodécimo piso.

Mientras ascendían, en silencio, Nancy fijó su mirada en el marcador de piso; la luz indicó el nivel número doce; las puertas del elevador se abrieron lentamente, y ella tomó una gran bocanada de aire.

—No te preocupes —pidió George a Nancy, colocándose a un lado de su amiga y juntas entraron a la oficina de la revista—. Todo se resolverá.

El señor Miller era un hombre muy atractivo con cabello castaño y hermosos ojos azules. Nancy le calculó la edad de su padre, el señor Drew.

—Yo también tengo una hija de dieciocho años de edad —afirmó el señor Miller—. Se parece un poco a usted, señorita Drew, pero me temo que este parecido es sólo físico; ella nunca plagiaría la obra de alguien.

La acusación imprevista impactó en forma negativa a la joven detective.

—Bueno, yo tampoco lo haría —contestó Nancy tratando de controlar su indignación.

—Tienes razón —apoyó Bess el comentario de su bella amiga.

—¿Por qué no dejas al señor Miller explicar qué quiere decir? —sugirió George.

El editor en jefe explicó que sus redactores habían encontrado dos trabajos idénticos en los enviados para el concurso.

—Uno de ellos es el suyo —afirmó—. La solución escrita por usted es igual a la enviada por otro concursante ¿Qué le parece?.

—¿Palabra por palabra? —cuestionó Nancy.

—Bueno, no tanto —contestó—, pero parece ser un caso evidente de plagio o transmisión telepática. ¿Cuál cree que es?

La joven detective apretó los dientes antes de contestar. Luego, mencionó a Matey Johnson y el asalto llevado a cabo en la casa.

—Pero, ahora él está en la cárcel —dijo el señor Miller—. ¿Él robó su manuscrito?

—No —admitió Nancy recordando que Johnson no había tenido oportunidad de encontrarlo—. ¡Pero me escuchó hablar de él! Después, envié mi original, el cual, según su oficina insistió, nunca fue recibido. Ahora tengo un papel para demostrar lo contrario. Luego, mi tía entregó personalmente la copia de mi cuento, hace sólo unos días.

Nancy abrió su bolso para extraer el recibo donde se mostraba una firma ilegible.

—Extraño, muy extraño —dijo el señor Miller frunciendo el ceño—. Esto no me parece conocido; estoy seguro que este recibo no salió de aquí.

—¿Qué? —gritó George—. ¡Pero el recibo fue devuelto a Nancy a través de nuestra oficina local de River Heights!

—Tendrán que dejármelo —replicó el señor Miller tajante—. Esto es muy irregular.

Preocupada por la posible pérdida de una importante pista, la cual la llevaría a identificar la personalidad del plagiario, Nancy pidió una fotocopia de aquel delgado papel.

—¿No confía en mí? —preguntó el editor, mostrando su primera expresión amigable.

Ignorando el comentario, Nancy dijo:

—¿Puede leer la firma? Nosotras no podemos.

—No, pero me inclino a pensar que pertenece a alguien ajeno a esta oficina.

—Posiblemente a mi rival en el concurso —concluyó la joven detective—. A propósito, ¿quién es él?

—Un hombre llamado Paul Frieden —confesó el señor Miller mientras trataba de descifrar la firma—. Les debo una disculpa por mi actitud cuando entraron aquí esta mañana. Pero temo que hasta resolver este asunto, no podremos dar entrada en nuestro concurso a su manuscrito, aunque tampoco al del señor Paul Frieden.

—¡Eso es terrible! —estalló Bess defendiendo a su amiga—. Ella escribió cada palabra del cuento. ¡No le robó nada a nadie!

—Admiro su lealtad —enfatizó el señor Miller—, pero las reglas dicen...

—Nancy es una detective aficionada —interrumpió George—, por tal razón, está altamente capacitada para inventar tan interesante final al cuento de François Lefèvre.

—Estoy seguro... —habló de nuevo el señor Miller, pero George no lo dejó terminar.

—Nancy esperaba ganar el concurso para después donar el premio a una obra de caridad —dijo George abogando por su amiga.

El señor Miller acompañó a sus entristecidas visitantes a la puerta.

—Estoy de verdad avergonzado por todo este asunto. Escuchen, haremos lo siguiente: pediré inmediatamente a mi personal detener ambos manuscritos hasta el último momento del cierre, el cual ha sido prorrogado. Tal vez para entonces ya sepamos qué ocurrió.

—Muchas gracias —sonrió Nancy con amabilidad ante la nueva conducta de Miller.

—Eso es todo lo que puedo hacer —dijo el hombre despidiéndose de mano.

Con la esperanza de que el señor Drew pudiera trabajar en el caso de Nancy mientras ellas estuvieran fuera del país, las muchachas salieron de la ciudad de

Nueva York en un vuelo nocturno rumbo a Bruselas, capital de Bélgica.

De esa bella y antigua ciudad de Europa Occidental, las tres jovencitas planearon tomar un tren, o auto, para llegar a Brujas, ya que ese pequeño lugar no contaba con aeropuerto propio.

Cuando las llantas del avión tocaron suelo, George miró a través de la ventanilla el reflejo del sol sobre el edificio de la terminal aérea. Era el mediodía en Bélgica, lo cual significaba que en Nueva York eran sólo las seis de la mañana.

Las viajantes pasaron rápidamente por Emigración y Control de Pasaportes; luego se dirigieron al Departamento de Equipajes. Ahí, una a una, las maletas pasaban, llevadas por la pasarela movible. Primero George, luego Bess, vieron su equipaje y lo tomaron. Nancy también vio el suyo, una resistente bolsa verde, pero esperó a tenerla más cerca antes de tomarla. De pronto, para su sorpresa, un hombre en el inicio de la fila alcanzó la bolsa y tomándola, huyó con ella.

—¿Vieron eso? —gritó Nancy—. ¡Un hombre robó mi bolsa!

La chica se abrió paso corriendo entre los pasajeros. Un guardia la detuvo súbitamente junto a la puerta de salida. Ella no podía pasar hasta que su equipaje fuera revisado y aprobado por las autoridades aduanales.

—Pero, ¡alguien acaba de llevarse mi bolsa! —exclamó indignada—. ¡Él salió por esta puerta!

—Bueno, es evidente que él trabaja aquí y tiene una identificación autorizada. Quizá la bolsa se parecía a la suya y se equivocó al tomarla.

Nancy se reunió con Bess y con George; tenía la esperanza de que tal vez alguna otra bolsa con sus iniciales bordadas apareciera; pero esto no sucedió.

Frustrada por completo, Nancy habló con el guardia otra vez, insistiendo que alguien se había llevado su equipaje.

—Si todo eso es cierto —afirmó el oficial—, le sugiero reportarlo a la oficina de cosas extraviadas. Con suerte la persona regrese con la bolsa al darse cuenta que no era la suya. Venga mañana por la mañana a informarse, por favor.

Siguiendo las instrucciones del guardia, Nancy y sus amigas fueron al mostrador de objetos perdidos, y reportaron el extravío. Después de esto decidieron pasar la noche en Bruselas.

—Bueno —dijo Bess—, miren ese resplandeciente puente, ¡Ahí vivía François!

Ella y George siguieron a Nancy hacia la estación de trenes, en donde tomaron uno que las llevaría al corazón de la ciudad. Escogieron un pintoresco hotel que aparecía mencionado en el directorio de bolsillo de Nancy y que no estaba lejos de la estación.

—Bélgica es un país donde se hablan tres idiomas —informó Bess—. La gente se comunica en francés, holandés o flamenco, dependiendo donde vivan. Aunque la mayoría de los habitantes usan las tres lenguas.

A pesar de la belleza de la ciudad y los esfuerzos de sus amigas por distraerla, Nancy sólo pensaba en su equipaje extraviado.

"¡Alguien quiere evitar que vaya a Brujas!", pensó mientras se metía a la cama. "Pero, ¿quién?"

8

El problema detectivesco

Nancy durmió profundamente, despertando temprano a la mañana siguiente. Se bañó y vistió antes de que sus compañeras de viaje despertaran; luego decidió dar un corto paseo hasta que George y Bess estuvieran listas para desayunar. En el comedor, las jovencitas discutieron acerca de la situación.

—Tengo el presentimiento de que alguien intenta evitar nuestra visita a Brujas —expresó Nancy, saboreando uno de aquellos deliciosos rollos de pan dulce, sobre su plato.

Bess bajó de golpe su taza de té.

—No puede ser —dijo.

—¿Qué quieres decir con *no puede ser*? —preguntó George con curiosidad.

—Si la bolsa no es regresada hoy —argumentó su prima—, iremos a Brujas, pero le pediremos a la aerolínea que la envíe a madama Chambray.

Para desaliento de Nancy, su bolsa no había sido regresada todavía al aeropuerto. Dio el domicilio donde estaría hospedada en Brujas, y suplicó al representante de la línea aérea enviar el equipaje tan pronto como éste fuera devuelto.

—Francamente —dijo Nancy a sus amigas—, no creo volver a verlo. Estoy segura que la persona quien tomó mi bolsa, lo hizo a propósito.

Un policía estaba parado afuera, en la entrada principal de la terminal aérea; Nancy caminó decidida hacia él.

—*Monsieur* —llamó—. ¿Habla usted inglés?

—*Un peu*... un poco.

La joven detective le explicó la posibilidad del robo de su bolsa.

—¿Puede describir al hombre... despacio, si es tan amable?

Nancy informó que ella estaba muy lejos como para dar una descripción confiable.

—Pero puedo decirle esto: era alto y delgado; vestía un traje azul marino o uniforme. Cuando lo reporté con el guardia, éste dijo que, tal vez, ese hombre trabajara aquí.

El oficial del aeropuerto hizo una pausa antes de hablar otra vez.

—¿Puede enseñarme qué guardia es, para así poder preguntarle?

La joven entró de nuevo a la terminal, observando el área de equipaje; allí estaba el otro hombre. Cuando regresó a informar esto, añadió un detalle más acerca de su equipaje: las iniciales *ND* bordadas en su bolsa.

—Tal vez todo su problema se base sólo en coincidencias —dijo el oficial—. El hombre quien se llevó su bolsa, quizá tenga una igual.

—Y, ¿su nombre empieza con las letras del mío? —completó Nancy la deducción del oficial—. Eso sí sería una coincidencia.

—Bueno, llenaré el informe y tal vez su equipaje sea encontrado.

—Si así sucede, ¿podrían enviarlo a Brujas? Hoy salimos para allá. —pidió Nancy, dando el domicilio de madama Chambray. Agradeciendo la atención, se dirigieron a la estación de trenes para tomar el exprés, el cual las llevaría hacia aquel misterioso lugar. Esther y Paul

El viaje fue bueno; las jovencitas observaron el llano y verde paisaje, hablando apenas. Finalmente, después de una parada en Gante, llegaron a la ciudad de arquitectura medieval, Brujas, la cual era muy pintoresca: muchas calles angostas, casas de tres o cuatro pisos, generalmente separadas por sinuosos canales.

—Esto es como viajar de regreso en la historia, hacia la Edad Media —comentó Bess.

Su prima estaba intrigada con los barcos en los canales. Algunos de ellos eran motorizados y descubiertos, mientras otros estaban cubiertos con coloridos toldos.

—No en vano, Brujas es llamada por algunos: la *Venecia del Norte*.

En lugar de tomar un taxi, las visitantes se decidieron por un bote. El lanchero, un hombre cuya ruda complexión indicaba las muchas horas pasadas al timón, tomó el equipaje y puso el motor en marcha.

Éste hizo un ruido muy fuerte, el cual provocó un comentario por parte de Bess:

—¡Tal vez tenga esta lancha un motor medieval!

Nancy rió de buena gana y dijo:

—Ojalá las tiendas de compras no lo sean —expresó deseando haberse puesto su suéter nuevo en el avión. Nancy se preguntaba con tristeza si lo volvería a ver alguna vez.

El lanchero llevaba el bote de canal en canal; pasó bajo un pequeño puente de piedra con una torre medieval al centro. Más allá estaba una casa, también de piedra, evidentemente construida hacía varios siglos. Las angostas ventanas lucían arcos sobre ellas y tejados triangulares.

—Ésta debe ser la casa donde vive madama Chambray —anunció George, mientras el hombre ataba el bote a un poste.

Ayudó a salir a sus pasajeros y bajó el enorme equipaje. Al final tomó el más pequeño, incluyendo la bolsa de cosméticos de Bess. Ésta iba a tomarlo, cuando de los dedos del hombre resbaló cayendo con estrépito al agua del canal.

—¡Oh, no! —gritó Bess—. ¡Allí van todos mis lápices labiales y mis barnices para uñas!

El hombre murmuró algunas palabras ininteligibles, de las cuales Nancy pescó una: *droevig* que tal vez significara: lo siento.

—Por favor, tenga más cuidado —suplicó Bess mientras el hombre regresaba al bote para tomar una garrocha, la cual tenía un gancho al final. La lanzó al agua —pescando el asa de la maleta. En sólo unos momentos, él movió su cabeza mostrando una expresión de felicidad. ¡Había atrapado la bolsita de cosméticos!—. ¡Gracias a Dios! —exclamó Bess, ahora sonriendo con gratitud al lanchero.

—¡Tú y tu maquillaje! —reprochó su prima—. ¿Por qué usas rubor siempre, cuando sabes que yo puedo subirte la presión sanguínea con gran rapidez?

Para entonces el hombre había recogido el equipaje y lo llevaba a la puerta de la casa. Al abrirse ésta, apareció una alta y esbelta mujer con cabello entrecano, recogido sobre la nuca.

—¿Madama Chambray? —preguntó Nancy.

—*Mais oui* —dijo en francés y agregó en inglés—: Sí, ¡bienvenidas!

Las muchachas se presentaron y Nancy le pagó al lanchero. Una vez sentadas en la sala, las chicas estaban positivamente impresionadas por el encanto de esta habitación. Contenía numerosos muebles de madera tallada y tapices de pesado brocado. Muchas de las pinturas colocadas en la pared, habían sido hechas por finos artistas, algunos de ellos muy famosos.

Nancy estaba ansiosa por ver aquella cruz de diamantes y lapislázuli, pero decidió esperar hasta que madama Chambray la mencionara primero.

—Me alegra que hayan podido venir —dijo la mujer—. Como saben, he vivido en esta casa sólo un poco de tiempo pero, a pesar de esto, ya empezó a crear, cómo decirlo, ¿un misterio?

—Sí, se lo comentó a mi mamá en su carta —le recordó Bess.

—Entonces ya saben que estoy buscando al dueño de una hermosa cruz —continuó explicándoles la señora Chambray a las jóvenes.

Nancy se sintió obligada a prevenirla, le pidió no contara su historia a mucha gente.

—¿No? —dijo la mujer, levantando las cejas—. Pero, ¿cómo encontraré al dueño? Debo decirles algo, ya puse un aviso en el periódico. Déjenme enseñárselos.

La bienintencionada mujer se disculpó por un momento, regresando con un anuncio de periódico el cual entregó a Nancy.

De inmediato la joven detective vio su propio nombre publicado.

—Usted mencionó también mi visita —dijo Nancy desalentada y molesta, por aquella indiscreción que podría trastornar todas sus investigaciones sobre el caso.

—¡No todos los días viene una famosa detective a Brujas! —comentó la señora.

—¡Oh, querida! —lamentó Bess—. Nancy, todos tus deseos de trabajar en secreto se han desvanecido totalmente en el aire.

Madama Chambray percibió la expresión de desacuerdo de Nancy.

—¿Hay algún problema? —preguntó—. ¿Hice algo malo, que te moleste?

—No, pero... —respondió George primero.

—Pero, ¿qué? —preguntó madama Chambray, ansiosa y preocupada.

—Porque, tal vez Nancy no pueda resolver su misterio —comentó Bess por completo deprimida.

9

El fantasma

Nancy, menos pesimista que sus amigas, sonrió a la señora diciéndole:

—Vamos a expresarlo de este modo: usted me dio, mejor dicho, nos dio, una oportunidad —continuó—. Mientras más personas sepan de la cruz de diamantes, y la búsqueda de su propietario, habrán más oportunidades de que cualquier persona se declare dueña de la joya.

—¡Qué tonta soy! —exclamó la señora sintiéndose culpable—. Nunca se me hubiera ocurrido; lo siento mucho, queridas.

Para las muchachas era obvio: madama Chambray era escrupulosamente honesta y muy confiada. Sin duda, podría ser engañada muy fácilmente con el cuento del artista defraudador.

—¿Dónde encontró la cruz? —cuestionó Nancy, observando aquel angosto pasillo donde estaba la escalera, la cual llevaba al segundo y tercer piso; trató de imaginar cómo la señora Chambray había encontrado o quizá tropezado con la brillante pieza en alguno de esos rincones medievales.

—Fue en el lugar menos afortunado —dijo la mujer—. En el sótano.

—¿El sótano? —repitió George, sorprendida—. ¿Estaba en una caja o sólo se hallaba tirada en el suelo?

—Estaba envuelta en un pedazo de lino, el cual fue tomado de la pared.

Madama Chambray interrumpió su plática por un momento y se fue hacia otra habitación. Al regreso, llevaba consigo una cajita forrada con terciopelo púrpura, en sus manos.

—Deben verla es... es tan bonita —dijo, pasando la caja a Nancy para que la abriera.

Bess y George se acercaron a la joven detective cuando ésta levantaba la tapa. Dentro yacía la brillante cruz, superando todas sus expectativas.

—¡Qué exquisita! —exclamó Bess mientras Nancy sacaba con cuidado la pieza de la caja, para examinarla de cerca.

Los diamantes oblicuos y algunas piedras de lapislázuli estaban incrustados en oro sólido. Pero no había ninguna marca fuera de lo normal.

—El pedazo de lino donde yo la encontré envuelta —continuó madama Chambray—, está doblado debajo del forro de la caja.

George tomó la cruz de las manos de Nancy para que ésta pudiera sacar la tela de lino.

—Hay algo bordado en él —comentó Nancy cuando observó la línea de letras bordadas en francés, sobre el manchado material. Debajo de ellas estaba el nombre: *Antoinette Tissot.*

—Tal vez la cruz haya pertenecido al rey Luis XVI —sugirió Bess sonriendo.

Madama Chambray interrumpió esta conversación preguntando a Nancy si ella podría interpretar el mensaje aquel.

—Creo que sí —contestó la joven detective—. ¿Acaso dice en francés: "Dios te proteja dondequiera que tú vayas"?

—¡Correcto! —expresó la mujer admirada de los conocimientos de la bella detective.

—¿Le ha mostrado esto a alguien más? —cuestionó la rubia Nancy.

—Sólo a mis amigos, también le pedí a un experto valuador en joyería antigua examinar la cruz. Él estima que esta joya tiene un poco más de cien años de antigüedad.

—Eso significa también —dijo George—, que Antoinette ya no vive.

—Es muy posible —aclaró Nancy—, pero no necesariamente. Después de todo, la cruz pudo llegar a ella años después de ser elaborada.

Nancy empezó a bostezar, de repente se sintió muy cansada, después de su aventura en Bruselas.

—Veo que eres una detective muy inteligente, Nancy —comentó madama Chambray—, pero no quiero perturbar tu mente con todo esto ahora. Necesitas dormir; todas requieren hacerlo.

La señora tomó la cajita de terciopelo, de las manos de las muchachas, y metió el pedazo de tela de lino y la hermosa cruz.

—Tengo una pequeña reunión esta noche para presentarlas a mis amigos. Están ansiosos por conocerlas —siguió diciendo la señora—. Así...

—Pero no tengo nada apropiado para ponerme —murmuró Nancy preocupada y contó a madama Chambray acerca de su equipaje perdido, añadiendo—: ¿Hay alguna tienda de vestidos aquí cerca?

—Sí, muchas —contestó madama Chambray—. Pero deben descansar. Yo te conseguiré algo que puedas usar; no te preocupes.

Madama Chambray llevó a las muchachas a sus habitaciones en el piso superior. Cada recámara estaba deliciosamente decorada con camas cubiertas por colchas de seda, haciendo juego con las cortinas. George prestó a Nancy un cobertor, que ésta misma usó antes de caer rendida sobre una comodísima y blanda almohada.

La mente de la joven detective daba vueltas como en un laberinto al pensar en el nuevo y emocionante misterio: "¿A quién pertenecería la cruz? Había pocas pistas para seguir, menos que aquella del secreto del encaje antiguo." Cuando Nancy despertó, se sintió llena de energía. "Debemos investigar el sótano", decidió saltando rápidamente de la cama. "Tal vez, encontremos un indicio en ese lugar."

Excepto por el motor de un bote acercándose, la casa estaba en completa quietud. Nancy pegó la nariz contra la hoja de la ventana. Vio a madama Chambray en el muelle esperando abordar el bote.

"Tal vez vaya a comprar las cosas para la fiesta de hoy", pensó la muchacha, luego se dirigió a la puerta del cuarto vecino.

—¡Despierta, Bess! —llamó—. ¡Tenemos mucho trabajo por delante!

Su amiga estaba dormida tranquilamente, ajena por completo a Nancy, quien en esos momentos la movía.

—¿Qué... qué pasa? —preguntó Bess aún medio dormida.

—Vamos, floja, levántate. ¡Vamos a cazar pistas!

Después, Nancy tocó la puerta del cuarto ocupado por George; regresó luego a su recámara en donde se puso una falda y su suéter. Las jóvenes detectives, con sus linternas en la mano, se dirigieron al corredor, al pie de los escalones.

—¿Dónde empezaremos? —preguntó Bess.

—En el sótano —dijo Nancy—, ahí fue donde madama Chambray encontró la cruz.

Las jovencitas vieron la pesada puerta de madera de la cocina. Ésta rechinó muy fuerte cuando Nancy la giró sobre las bisagras y vio que por ahí se iba hacia abajo. Antes de descender, Nancy creyó oír algo bajo la escalera, pero alejó esta idea cuando el ruido no se repitió más. Paso a paso, guió a sus amigas a través de la más profunda oscuridad.

—Tengo miedo —confesó Bess—. Nancy, ¿por qué no esperamos a madama Chambray, antes de ir más lejos?

—¡Sh! —calló George a su prima—. Deja de portarte como una detective *gallina*.

—¿Quién lo dice? —rió Bess nerviosa.

Cuando se detuvieron en el oscuro y mohoso cuarto, dirigieron sus luces a las paredes de piedras, buscando inútilmente un interruptor de la corriente eléctrica.

—¡Oh! —grito Bess de repente, mientras George y Nancy caminaban hacia ella.

—¿Qué pasa? —preguntó Nancy a Bess.

—Escuché ruidos extraños. ¿Ustedes, no?

—No —murmuraron las dos detectives a coro.

—Manténganse juntas —sugirió George, pero su prima insistía en quedarse atrás.

Nancy alumbró con su lámpara en medio de la oscuridad, a una grieta en la piedra de la pared, mientras George revisaba el piso.

—Dirige tu linterna hacia acá, Bess —requirió George, sin saber que su prima no estaba cerca de ella. Pero como no hubo respuesta, ésta empezó a llamar—: Bess, ¿dónde estás?

Al instante, Nancy dirigió su luz hacia los escalones del sótano donde habían iniciado su investigación. No había señales de Bess.

Un par de angustiosos minutos, más tarde, ¡vieron una figura fantasmal blanca, que estaba parada más allá del rayo de la linterna!

Nancy dirigió su luz a la misteriosa aparición, notando que ésta usaba, además de una sábana blanca, botas de cuero.

—¿Quién es usted? —gritó.

No hubo respuesta.

—¡Vamos a atraparlo, George! —demandó Nancy, sabiendo que ambas tenían una buena oportunidad para derrotar al solitario fantasma, el cual parecía ser un hombre alto y esbelto.

—¡Bueno! —dijo George y ambas corrieron hacia la figura, tratando de quitarle aquella sábana con la cual se cubría.

El pretendido fantasma extendió sus brazos y con un poderoso golpe envió a las jovencitas al suelo. Las linternas fueron a dar muy lejos de sus manos. Ahora, estaban en la oscuridad total.

George gritó, temiendo que el fantasma saltara sobre ellas. Sin embargo, sólo escucharon algunos ruidos como si alguien arrastrara algo, pero después se desvanecieron al instante.

Un poco agitadas, las jóvenes detectives fueron a buscar sus linternas. George encontró primero la suya y alumbró hacia donde estaba Nancy, quien encontró un enorme agujero por donde intuyó que había caído su preciada linterna.

—Creo que mi linterna rodó allí —dijo.

—¿Dónde está el fantasma? —preguntó George, ahora dirigiendo su luz hacia al lugar donde se había detenido la aparición. Sólo pudo ver, ante ella, aquella gris pared del sótano.

El fantasma se había esfumado. ¿Estaría escondido para atacarlas de nueva cuenta? y, ¿dónde estaba Bess? ¿La habría secuestrado?

Presas de pánico, las dos amigas empezaron a gritar a voz en cuello:

—¡Bess! ¡Bess!

10

El túnel de agua

Nancy y George gritaron el nombre de Bess varias veces, pero no hubo respuesta.

—¿Qué pudo haberle sucedido? —preguntó George muy angustiada.

Entonces, ambas oyeron un sonido seco; se quedaron muy quietas; Nancy tomó la linterna de George, dirigiéndola hacia los escalones del sótano. Allí, debajo de la escalera, había una puerta hecha de pesada madera y pintada de color piedra.

—¡George, ayúdame! —dijo Nancy, mientras jalaba el cerrojo de metal; pero sus dedos resbalaban por el sudor de su mano.

George fue y tomó con firmeza el cerrojo haciéndolo hacia atrás. La puerta se abrió de par en par dejando al descubierto un armario muy pequeño. Dentro de éste estaba Bess amordazada, con sus muñecas y tobillos fuertemente amarrados y recargada contra la fría pared de piedra donde los arácnidos habían tejido sus telarañas.

—¡Oh, Bess! —exclamó Nancy, llena de pena.

—¿Estás bien? —gritó George, inclinándose hacia su prima para quitarle la mordaza de su boca.

—¿Quién te hizo esto? —preguntó Nancy mientras desataba las cuerdas que sujetaban las muñecas y piernas de Bess.

—¡Un... un hombre! —murmuró Bess—. Estaba vestido como fantasma. ¡Era horrible!

—¡Pobre Bess! —dijo George con ternura, dando masajes sobre el área irritada por las cuerdas, las cuales habían maltratado las muñecas de su prima.

—Él... él salió del armario —continuó Bess—. Me arrebató la lámpara y me puso esta mordaza en la boca.

—¡Te dijo algo? —cuestionó Nancy.

—No, nada.

—Debemos denunciar esto a la policía —dijo George muy resuelta cuando Bess se apoyaba con dificultad sobre sus pies.

A pesar del dolor de sus rodillas, la muchacha insistió en subir la escalera sin ayuda.

—No quiero permanecer aquí ni un segundo más —exclamó ansiosa Bess.

Al salir de la cocina, las jovencitas escucharon que la puerta trasera se abría para después cerrarse inmediata y estrepitosamente.

—Debe ser madama Chambray —dijo Nancy llamando a la señora.

—Sí, querida, estoy en casa —contestó la señora reuniéndose con sus invitadas.

La sonrisa de madama Chambray pronto se transformó en una expresión sombría al ver las manchas en la cara de Bess, así como su falda sucia.

—¿Te caíste? —preguntó llena de azoro a la apesadumbrada joven.

Las lágrimas brotaron de los ojos de la chica cuando ésta respondió en forma negativa y explicó lo sucedido.

—*Ma pauvre chérie* —expresó la mujer abrazando a Bess con fuerza. Luego, alcanzó una toallita, mojándola en agua tibia y la pasó cariñosamente sobre la cara de la chica, diciéndole—: Ya, ya estarás bien otra vez.

—Gracias —dijo Bess—. De verdad me siento mucho mejor.

—¿Cómo pudo este hombre terrible entrar a mi casa? —preguntó madama Chambray—. Tal vez debiéramos llamar a la policía.

—Bueno, ahora ya se fue —dijo Nancy añadiendo—: ¿Existe alguna conexión entre el sótano y el canal?

—Por lo menos no lo sé. He vivido aquí poco tiempo y todavía estoy conociendo la casa. Parece estar llena de pequeñas puertas, rincones y rendijas; por lo tanto, tal vez exista un pasaje subterráneo.

Eso era lo único que las jóvenes detectives necesitaban oír.

—¿Estás lista para regresar allá abajo? —preguntó Nancy sólo a George, porque sabía que Bess no estaba en condiciones de hacerlo.

—¿Por qué no?

—Por favor, no lo hagan —suplicó Bess—. El fantasma, ¡quizás ahora trate de encerrarlas a ustedes en ese horrible armario!

—Tendremos mucho más cuidado —prometió Nancy—. Les enviaremos un reporte cada diez minutos, ¿está bien?

Bess no estaba cuando George y Nancy bajaron, ya que se disculpó para retirarse.

—Por favor —pidió madama Chambray—, toma un buen baño caliente y relájate. ¡Debes lucir muy bonita esta noche!

Ella guiñó un ojo a Bess, quien se preguntaba si la señora estaba planeando presentar a sus invitadas a algunos jóvenes belgas encantadores.

—¡Claro que lo haré! —rió Bess dejando a su anfitriona sola en la cocina.

Madama Chambray se entretuvo con algunos alimentos para la cena. Luego vio el paquete traído para Nancy y sonrió feliz.

"Creo que le gustará", pensó la señora. "Lo pondré sobre su cama; así, cuando Nancy suba se encontrará con una sorpresa agradable."

La señora caminó hacia el pasillo y cuando estaba a punto de subir por la escalera, vio a alguien espiando a través de la ventana de la sala.

—¿Quién está ahí? —preguntó.

La figura se retiró de su vista, con brusquedad, madama Chambray arrojó el paquete y corrió hacia la puerta, la abrió y asomó la cabeza.

—¿Hay alguien ahí? —volvió a preguntar en un tono más perentorio.

Pero la única respuesta obtenida era el sonido emitido por el agua al golpear las paredes de la casa.

—¡Qué extraño! —expresó.

Mientras tanto, Nancy y George exploraban una esquina del sótano donde descubrieron otra puerta. Ésta conducía hacia un túnel lleno de agua.

—Estoy segura, que por aquí entró el fantasma —enfatizó Nancy—. Me pregunto qué tan profunda está el agua. Tal vez él entró y salió en seguida.

—¿Se veían mojadas sus botas? —cuestionó George, intrigada por aquel indicio.

—No podría afirmarlo con seguridad; para empezar, estaban oscuras —replicó Nancy, entusiasmada por seguir esa valiosa pista.

—Traeré algo para poder medir la profundidad —ofreció George—. Así descubriremos qué tan profundo está —dijo y salió de prisa.

Sin embargo, Nancy impaciente bajó hasta el último peldaño.

"Tal vez lo pueda saber metiendo la mano", pensó. Luego, la chica se hincó e introdujo su brazo al agua; pero sus dedos no tocaron el fondo. "Tal vez deba introducirlo más", decidió.

El peldaño de piedra se movió muy suavemente cuando la chica se apoyó en él; pero luego, ¡éste se deslizó con peligro de hundirse en el agua helada!

—¡Oh, no! —gritó Nancy presa del pánico, tratando de mantener el equilibrio hasta el regreso de George.

—¡George! —gritó con fuerza—. ¡Ayúdame!

Su amiga no podía oírla desde arriba, donde madama Chambray le contaba todo acerca del extraño que espiaba por la ventana.

"¿Por qué no viene?", pensó Nancy muy alarmada mientras trataba de alcanzar el siguiente peldaño seco, arriba de ella, rezando para que éste no se moviera como aquel otro.

Por fortuna, George no tardó demasiado conversando con madama Chambray y bajó al sótano. Llegó a la puerta del túnel, gritando a Nancy.

—Espera a enterarte de que... —se detuvo cuando descubrió el predicamento en el cual se encontraba su bella amiga.

George dejó el metro en el primer escalón y tomando del brazo a su amiga la ayudó a subir, al tiempo que el peldaño de piedra donde estaba apenas sostenida, cayó estrepitosamente al agua.

—¿Dónde estaría si no te tuviera, amiga? —comentó Nancy agradecida.

—Nadando —bromeó George.

Nancy rió mientras la otra muchacha metía el metro al agua. Era más profundo de lo estimado; cuando George lo sacó, el metro estaba cubierto con lirio y moho, por lo menos hasta los cincuenta centímetros.

—Ese hombre debe haber salido de aquí con facilidad —concluyó Nancy—. Un bote pudo haberlo esperado afuera del canal. Por supuesto, la gran pregunta es: ¿por qué vino aquí?

Nancy se quedó pensativa y después agregó:

—¿Tenía planeado asaltar la casa de madama Chambray mientras ella estuviera fuera? ¿Estaba buscando la cruz de diamantes o, inclusive, algo más valioso? —rápidamente la joven detective trataba de unir las piezas del rompecabezas.

—Pero, ¿qué podría ser más valioso que la cruz? —comentó George a su amiga—. Por supuesto, los muebles y pinturas deben valer la pena...

Nancy se tronó los dedos.

—En su carta enviada a la señora Marvin, ¿madama Chambray no mencionó algo acerca de un documento y un tesoro?

—Sí, tienes razón. Lo había borrado por completo de mi memoria.

—Casi lo olvido yo también.

—Pero, ¿cómo sabía el fantasma el contenido de la carta? —preguntó George.

—No lo sabría a menos que él fuera André Bergère —dedujo Nancy.

—No necesariamente —dijo George después de pensarlo un momento—. Desde que madama Chambray habló tan abiertamente con sus amigos acerca de estas cosas, ellos, tal vez, en un descuido pasaron la información a otro y a otro, quien bien pudo ser ¡un ladrón!

Nancy estaba ansiosa por preguntar a su anfitriona acerca del misterioso tesoro, y caminó por el túnel hacia la puerta. El rugido de un bote motorizado la detuvo a medio camino.

—¡Mira! —gritó señalando hacia el canal.

El bote entraba al túnel. ¿Quién estaba entrando? ¿Había regresado el fantasma agresor?

11

Fantásticas noticias

El bote recién llegado se acercó más. George apagó su linterna, esperando que el solitario ocupante alcanzara la escalera.

—Cuando llegue aquí —murmuró Nancy—, apunta tu luz directamente a su cara. ¡Podremos capturarlo!

Sin embargo, el bote se detuvo a cierta distancia. De él salió un hombre cargando un voluminoso bulto, y se metió por otra puerta al fondo del túnel.

—Al parecer, vive en la siguiente puerta —opinó Nancy con una sonrisa.

George también sonrió.

—Me alegra que no haya sido nuestro fantasma —dijo procediendo a contarle a su amiga la historia comentada por madama Chambray acerca del extraño en la ventana.

—Me pregunto si él y el señor fantasma son una misma persona —comentó Nancy dirigiéndose a la cocina—. Tenemos mucho de que hablar con madama

Chambray —dijo mirando su reloj—. Pero ya es hora de la cena.

Ya arriba, las muchachas encontraron a la señora mirando dentro de una tetera, puesta sobre la estufa. El aroma de delicadas especias inundaba el ambiente.

—¿Qué está haciendo? —preguntó Nancy—. Huele verdaderamente delicioso.

—*Waterzooi* —informó la anfitriona sonriendo—. Uno de nuestros platillos tradicionales, pollo escalfado en una ligera salsa a la crema. El resto del menú es una sorpresa, así como el paquete que está sobre tu cama, Nancy. Ahora, suban a sus cuartos y prepárense; mis invitados llegarán pronto.

Las jovencitas, muy emocionadas, subieron a la habitación y abrieron el paquete. Cuidadosamente doblado estaba un vestido de lino de magnífica hechura, adornado con fino encaje.

—¡Es precioso! —exclamó la joven detective con verdadera alegría.

Se sobrepuso la prenda y se contempló en un espejo de cuerpo entero, el cual estaba en una esquina de la recámara. El fino encaje adornaba alrededor del cuello y los puños de las mangas largas.

"Me pregunto si los puños de Francois Lefèvre eran como éstos", pensó. Luego escuchó a madama Chambray subiendo por la escalera y se apresuró a salir de su habitación para encontrarla.

—Muchas gracias, señora...

Muy apenada, la gentil señora interrumpió el agradecimiento diciéndole que se vistiera rápido.

—¡Todos llegarán en pocos minutos! —expresó con una sonrisa.

Para su deleite, las bellas muchachas estaban listas para recibir a los tres invitados cuando éstos al fin llegaron.

Madama Chambray les presentó al profesor Philip Permeke y a su hija Hilda, una hermosa rubia de unos veinte años de edad. Con ella estaba un joven de figura atlética y profundos ojos verdes.

"Es atractivo", pensó Bess, "pero parece estar tan triste. Me pregunto por qué".

—Y éste es Joseph Stolk —anunció madama Chambray mientras Bess ya saludaba de mano al melancólico joven—. Hilda y él fueron a la preparatoria juntos. Actualmente Joseph está estudiando Historia del Arte, en Bruselas.

—¡Qué interesante! —exclamó Bess muy entusiasmada—. Te apuesto a que sabes bastante acerca de todos los museos de esta maravillosa ciudad. Probablemente puedas llevarnos a hacer un recorrido alguna vez —comentó Bess con la más coqueta de sus sonrisas.

—Sí... tal vez... yo pueda —dijo el atractivo Joseph tímidamente.

Hilda se veía menos complacida con la sugerencia; George jaló a su prima del brazo, indicándole no llevar la conversación muy lejos.

—Estás a punto de provocar una pequeña pelea entre esos dos —murmuró al oído de Bess. Luego volteando hacia el profesor le dijo—: Doctor Permeke, tengo entendido que usted es un experto en la historia de la ciudad de Brujas. ¿Nos podría decir algo?

—Encantado —dijo—, pero interrúmpanme cuando las haya aburrido.

Sus comentarios durante la cena fueron fascinantes y a la vez interesantes.

—¿Sabían que el pueblo original de Brujas estaba en la costa? El nombre de nuestra ciudad significa: *Ciudad de puentes*. Hace mucho tiempo era un insignificante puerto; pero las tormentas eran devastadoras y aun los diques no podían protegerla. Los comerciantes se mudaron tierra adentro, al lugar donde estamos ahora, y cavaron un canal para conectar la ciudad con el océano.

—Ésa fue una genial hazaña de la ingeniería —comentó madama Chambray—. Hay casi quince kilómetros de aquí a la costa.

El jovial profesor de cabello entrecano afirmó con la cabeza.

—Cuando este nuevo pueblo fue construido, su predecesor en la costa tomó el nombre de *Zeebrugge* cuyo significado es: *Puente mar*.

Mientras el doctor hizo una pausa para tomar un sorbo de vino, su hija continuó con la narración:

—Éste era un lugar de moda durante los siglos XV, XVI y XVII. Como los comerciantes tenían mucho éxito, podían comprar lo más fino de todo, incluyendo la mejor ropa de París. Si quieren las llevaré a hacer un interesante y largo recorrido mañana.

—Quizá, yo también pueda ir —sugirió Joseph, mirando un momento a Bess.

Hilda pudo observar las miradas de Joseph dirigidas a la muy sonriente Bess.

—Creo que no —dijo Hilda con sorpresa—. ¿No te acuerdas que debes finalizar el contrato antes de este fin de semana?

—Sí, pero yo...

"¡Pobre Joseph, está dominado por los celos de Hilda!", concluyó Bess mentalmente.

Al ver cómo subían los colores a la cara de la joven mujer belga, George cambió en seguida el tema de la conversación.

—Tal vez Hilda pueda llevarnos a una tienda de regalos donde yo pueda comprar algo para Burt, tú a Dave, y...

—También puedo comprar algo para Ned —intervino en seguida Nancy.

—¿Son sus hermanos? —cuestionó Hilda con evidente interés—. O como dicen en América, ¿son sus novios?

—Son nuestros novios —afirmó Nancy sonriendo y sintiéndose mejor de que la felicidad volviera a reflejarse en la cara de Hilda.

—En ese caso —continuó diciendo la nueva amiga—, deben comprarles regalos muy especiales y, por supuesto, ustedes querrán algunos encajes finos.

La mención del encaje motivó a Nancy para revelarles una de sus razones de su viaje a Brujas. Mencionó el concurso de la revista y la historia de François Lefèvre.

—¿Qué? —preguntó madama Chambray sorprendida por completo—. ¿Qué nombre fue el que mencionaste, Nancy?

—François Lefèvre.

La mujer miró con detenimiento a Nancy sin poder decir una sola palabra.

—¿Qué pasa, madama Chambray? —preguntó Nancy ansiosa—. ¿Le es familiar el nombre?

—*Mais oui...* sí, indudablemente —exclamó la mujer—. Es uno de los tantos nombres mencionados en el documento que encontré. Además, fue escrito por un hombre llamado Friedrich Vonderlicht, ¡también conocido como François Lefèvre!

—¡No lo creo! —gritó George muy ofuscada—. ¿Quiere decir que François Lefèvre alguna vez fue dueño de esta casa?

—¡Al parecer sí!

—¡Entonces el secreto del viejo encaje está escondido bajo este techo! —dedujo Nancy.

—Lo dudo —comentó madama Chambray—. Después de todo, François vivió aquí hace mucho tiempo. Otros han ido y venido; por esto mismo, cualquiera que haya sido el secreto, éste ya lo habrían descubierto los inquilinos anteriores.

—¿Podríamos ver ese documento, por favor? —urgió Nancy.

—Lo tengo en mi escritorio del piso superior —dijo madama Chambray—. He estado buscando las llaves, pero no puedo encontrarlas.

—¡Oh! —exclamó Bess ansiosa—. ¿Piensa que fueron robadas?

—No, querida —sonrió la señora—. Siempre las pierdo. Están en algún lugar de la casa, estoy segura; las encontraré mañana. Nadie tiene por qué robarlas; por lo tanto, no te preocupes.

—Pero, ¿qué dice el documento?

—Era una pequeña parte de un testamento, como se llamaría hoy en día. Según decía, Friedrich Vonderlicht, también conocido como François Lefèvre, dejaba toda su fortuna a su esposa. Pero la parte donde se indicaba el lugar, fue arrancada.

—¡Muy mal! —dijo George—. Esto no ayudará mucho, me temo.

—Bueno, ya nos ha ayudado —señaló Bess—. ¡Ahora sabemos que François vivió en esta casa!

El grupo discutió, profundamente, la extraña coincidencia; el resto de la tarde fue muy agradable, sobre todo cuando todos entraron a la sala para probar el postre sorpresa de madama Chambray: un delicioso pay de limón con merengue.

—Estoy muy satisfecha —admitió Bess por fin.

—Bueno, ¡mañana quemaremos casi todas las calorías! —bromeó Hilda.

A la mañana siguiente, antes que las huéspedes de madama Chambray pudieran salir de la casa, se oyeron unos golpes impacientes en la puerta.

—¿Podrías ver quién toca? —pidió la señora a Nancy—. Debo vigilar el pan tostado.

La jovencita salió apresurada de la cocina hacia el pasillo, y abrió la puerta. Para su sorpresa, era un lanchero llevando en la mano una bolsa verde.

—¡Es mi equipaje! —exclamó Nancy con verdadero entusiasmo.

12

El Centro del Encaje

—¿Dónde encontró mi equipaje? —preguntó Nancy al pintoresco lanchero.

Como aquel hombre no hablaba inglés, únicamente sonrió y se despidió, dejando a la muchacha con la palabra en la boca. De inmediato Nancy miró dentro de su bolsa para ver si algo faltaba. Al parecer no había habido robo. Ella comunicó la nueva noticia a todas antes de cambiar su ropa de viaje, la cual vestía desde su salida de Nueva York; excepto, la noche anterior. Después llamó a la aerolínea para informarse de más detalles.

—Alguien encontró su bolsa en una callejuela atrás de su hotel, en Bruselas —le informó un empleado—. Aunque su equipaje fue sustraído, la bolsa de la aerolínea no fue tocada. Y como ya sabíamos de sus iniciales, así pudimos identificarla rápidamente.

Nancy relató la conversación a sus amigas.

—Ahora estoy totalmente convencida de que alguien la hurtó sólo para mantenerme alejada de Bruselas

—les dijo—. Quienquiera que haya sido, ahora está en Brujas también.

Cuando las tres amigas se reunieron con Hilda le pidieron las llevara a una tienda de encajes.

—Quiero aprender todo lo posible acerca de la manufactura de los encajes —dijo Nancy.

—Entonces ya sé a dónde iremos —aseguró la joven belga.

Ésta llevó a las visitantes al Centro del Encaje, donde éste era vendido y confeccionado; ahí también, las encajeras y encajeros podían tomar clases para mejorar su arte. Había dos clases de encaje, explicó Hilda: el de bolillo, originario de Bélgica, y el de punto de aguja, desarrollado casi al mismo tiempo en Francia.

—Esos bolillos —dijo Hilda señalando un cajón lleno de objetos de madera tallados, los cuales parecían alfileteros en forma de bola—, se fijan a las hebras de lino y sirven como pesas cuando éstos son combinados en patrones muy intrincados. Pero primero el *kantwerker* o encajero selecciona el molde de madera donde va a trabajar, como éste.

La joven belga mostró un trozo de madera torneada, de casi medio metro de diámetro. Cada bastidor estaba forrado con lona.

—Se le llama *cojín* y está relleno de algas marinas —continuó informando la joven belga—. Después de que el *kantwerker* escoge su patrón y lo copia con alfileres, enterrándolos en el cojín. Las hebras son entrelazadas alrededor de los alfileres y luego éstos son sacados.

George vio con profunda curiosidad, unos trozos de plástico transparente.

—¿Para qué son? —preguntó la bella joven.

—El encajero cubre el cojín y el encaje terminado con una pieza de plástico, dejando sólo el espacio suficiente para trabajar. El plástico ayuda a mantener limpio el trabajo.

Nancy y Bess descubrieron un cajón con carretes de hilo de lino.

—Hannah estará encantada con esto —dijo Nancy y mientras compraba tres carretes, George se dirigió al fondo de la tienda. Un niño regordete, de unos ocho años de edad, metía las manos en otro cajón. Extrajo un montón de bolillos, arrojando algunos a través de la ventana y, otros más contra una bella estatuilla, que estaba colocada sobre una repisa.

—¡Deténgalo! —exclamó George mientras corría hacia el niño, sujetándolo por el brazo.

—¿Quién va a detenerme? —preguntó el infante en tono grosero.

—Yo —dijo George desafiando a su presa.

Él huyó de la muchacha cuando ésta corría, de nuevo, tras de él, éste le arrojó un bolillo pegándole con fuerza en el cuello. Muy furiosa, George, lo tomó por los hombros sacudiéndolo.

—¡Mami, mami! —gritó el niño muy agitado.

—¿Qué está pasando? —preguntó una mujer saliendo de entre una multitud arremolinada en el Centro del Encaje.

—¡Su hijo me aventó eso! —declaró George defendiéndose y señalando el bolillo que estaba todavía en el suelo.

—¿Peter hiciste eso? —preguntó la señora al niño, tomándolo de la mano. El pequeño impertinente empezó a protestar, pero la mirada acusadora de su mamá lo obligó a bajar la cabeza reconociendo su culpa.

Mientras tanto, Nancy y Bess corrían hacia su indignada amiga, tratando de brindarle ayuda en el percance que hubiera ocurrido.

—¿Qué pasó? —preguntó Bess, observando la mancha roja en el cuello de su prima.

—Sólo les diré que la próxima vez, espero tener cerca de mí este bolillo y haré un bello encaje con él —respondió George secamente.

—Discúlpeme —dijo la mamá del niño con toda suavidad—. Mi esposo y yo hemos traído a Peter por todos los lugares y ya se enfadó mucho, aunque esto no es excusa. Creo que lo llevaré de regreso al hotel, ahora —dijo la mujer sosteniendo aún la mano de su hijo, y salió rápidamente.

Mientras tanto, Nancy preguntó a la dueña de la tienda si tenía un poco de hielo a la mano. La mujer fue a un cuarto trasero y regresó con un pedacito de hielo y un lienzo.

—Esto prevendrá cualquier hinchazón —dijo Nancy envolviendo el hielo con el lienzo.

George sostuvo la compresa contra su cuello, insistiendo a sus amigas que continuaran su visita por la tienda. En el cuarto trasero, veinte mujeres estaban tejiendo encaje. Sus dedos hábiles movían el bolillo con rapidez extraordinaria.

Nancy habló con una mujer, la cual estaba sentada en una de las esquinas, leyendo con mucha atención un libro de encajes.

—¿Podría decirnos algunas cosas importantes acerca de su trabajo? —preguntó la joven detective.

—*Oui*. Trataré —dijo, hablando muy despacio, con un acento suave—. Ya en los siglos XVI y XVII, el encaje costaba mucho dinero. Ya que era un adorno muy cotizado para usarlo en la ropa. Muchas personas vendían sus casas y sus pertenencias para comprarlo.

—Es increíble —comentó Nancy.

—Increíble, pero cierto. ¡Existen viejos documentos donde se comenta que Carlos I de Inglaterra compró cuatro metros de encaje para una docena de cuellos y una docena de puños; y cincuenta y cinco metros de encaje de bolillo sólo para su ropa de dormir!

—¿Se pueden imaginar a Dave o a Ned vistiendo camisas y pijamas plisadas? —dijo Bess provocando la risa de todas, mientras la mujer entregaba el libro a Nancy.

Éste tenía muchas fotografías de patrones de encaje. Los pájaros y las flores predominaban, pero también mostraba diseños geométricos.

—A juzgar por esto —dijo Nancy—, no sería muy difícil esconder un mensaje secreto en un par de puños de encaje. Debió haber sido muy fácil entretejer en medio de flores y hojas o pájaros fantásticos, como éste —señalando en el libro un pájaro de llamativa cola abierta en forma de abanico.

Bess estuvo de acuerdo con su amiga.

—Me puedo imaginar a una joven pasando horas interminables entretejiendo un mensaje para Francois: "Debo verte pronto en el jardín de mi casa." O, tal vez más misterioso: "A la medianoche, sería mejor."

El embeleso de la muchacha fue interrumpido por su prima, quien había estado platicando con Hilda acerca de su percance.

—Mi cuello se encuentra ciento por ciento mejor ahora, y estamos listas para seguir, ¿verdad?

—Si tú lo dices —contestó Nancy—. ¿Hacia dónde, iremos Hilda?

—Bueno, ustedes mencionaron su deseo de ir a los museos; yo les sugiero el *Gruuthuse*.

Cuando las jovencitas salieron de la tienda, Nancy sintió que alguien las vigilaba. Frente a la calle estaba parado un hombre, llevaba una gabardina y un sombrero; observaba a las muchachas detectives, y luego desapareció calle abajo dando vuelta en la esquina.

Pensando que éste las hubiera estado esperando, Nancy decidió no mencionar este incidente a las demás, hasta que el agradable recorrido terminara.

Mientras tanto, Hilda las condujo hacia un enorme y antiguo edificio con bellas torres ojivales y una hermosa fachada de piedra.

—Ésta era antes la casa de la familia Gruuthuse. Pero, hoy en día, para nuestra economía, esto es más palacio que casa.

Una vez dentro, las visitantes estaban sorprendidas con la tapicería china y el mobiliario.

—¿Qué les parecen estas camas antiguas? —preguntó Hilda cuando subieron al segundo piso—. Fíjense, son bajas y angostas. En los viejos tiempos, la gente era baja de estatura.

—Me imagino que ellos no tomaban sus vitaminas —comentó George riéndose.

Bess siguió a Hilda al último piso, donde estaba la Sala del Encaje.

—¡Qué hermosas carpetas! —exclamó la chica, inclinándose sobre la vitrina—. Sería una verdadera irreverencia el poner una de ésas en alguna mesa y, luego cubrirla con una lámpara u otro objeto.

Nancy estaba pasmada con la colección de cuellos de encaje, los cuales fueron diseñados para permanecer rígidos alrededor del cuello, ¡algo así como doce centímetros de alto!

—Ésas son gorgueras o cuello alechugado —explicó Hilda—. Estuvieron muy de moda en toda Europa durante el siglo XVII.

—Odiaría usar una de ellas. Debieron ser muy calientes e incómodas —expresó George.

También había en exhibición vestidos hechos a mano para niñas, sombreros y pañuelos.

—Varias de estas cosas —enfatizó Hilda observando la mirada de asombro de Bess—, valen muchos miles de dólares, ya que además de ser hermosas, actualmente ¡son irremplazables!

—¡Oh, Dios mío! —dijo Bess—. Y yo estaba pensando en lo agradable que sería comprar una y mostrarla a todos en casa.

Hilda sugirió al grupo bajar a ver la guillotina. Bess siguió a la joven belga mientras Nancy se quedó atrás, platicando con George.

—No voltees —dijo Nancy a ésta en voz baja—. Hay alguien en esa sala que nos viene siguiendo. No quiero perderlo.

—Bueno, no lo perderás si él nos está siguiendo —comentó George con sarcasmo.

Ella y Nancy se detuvieron afuera de la sala un momento, quedándose inmóviles detrás de la puerta. Con toda seguridad, el hombre bajaría la escalera. Los segundos pasaban lentamente, mientras las jóvenes detectives esperaban.

—Estabas equivocada —murmuró George a su amiga al no aparecer el extraño.

Nancy espió a través de la rendija de la puerta.

—¡Se ha ido! —gritó Nancy al tiempo que entró a la sala vacía. Sus ojos se fijaron rápidamente en la puerta de un gran balcón—. ¡Debió haber escapado por aquel lugar!

La chica corrió hacia esa salida y observó por el barandal. Un hombre se deslizaba con gran esfuerzo por una cuerda.

—¡Él robó un objeto de encaje! —gritó la joven detective al ver partes de encaje asomando de los bolsillos del individuo.

—¡Atrápenlo! —exclamó al instante George.

Instintivamente se inclinó sobre el barandal y cogió la cuerda, jalándola tan fuerte como pudo; pero el peso del sujeto era demasiado para ella.

De repente, Nancy resbaló perdiendo el equilibrio. Pasó sobre el barandal, ¡lista para caer peligrosamente hasta el suelo!

13

El ladrón

En cuestión de segundos, George corrió hacia ella, y la sujetó por la cintura jalándola rápidamente.

—¡Ese hombre no debe huir! —gritó Nancy.

Pero el hombre ya estaba, para entonces, colgando a sólo cuatro metros del piso.

—¡Oh, mira! ¡La cuerda se rompe! —exclamó George angustiada.

En efecto, los hilos de la cuerda se deshilachaban rápido hasta que las últimas hebras se rompieron haciendo que el sujeto azotara pesadamente en el piso. Al caer lo hizo sobre sus piernas; esto provocó que lanzara un grito de dolor.

—¡Lo perdimos! —exclamó George observando al ladrón tratando de ponerse en pie.

—Tal vez no —dijo Nancy—. Al parecer tiene lastimado un tobillo. Bajemos. ¡Quizás el pie dañado le impida correr!

Las muchachas detectives prácticamente volaron por la escalera hacia la puerta de enfrente, rodeando el edificio. Hilda y Bess, quienes estaban en la sala de armas, no sabían nada de lo sucedido, y se preguntaban por qué sus amigas tardaban tanto para reunirse con ellas.

Cuando Nancy y George llegaron al lugar donde estaba la cuerda rota, aquel extraño hombre ya había desaparecido de ahí.

—¡Ahí está! —exclamó George, señalando al ladrón quien cojeaba desesperado hacia un puente, sobre un canal entre el *Gruuthuse* y otro museo. Nancy se adelantó a su compañera, gritando tanto como sus pulmones se lo permitían:

—¡Alto! *Arrêtez! Halt!*

Pero el ladrón seguía corriendo tan rápido como podía, por su pierna lastimada.

Sin embargo, a la mitad del puente, hizo una pausa para descansar su tobillo adolorido. Nancy se lanzó contra él, jalando una carpeta de encaje que asomaba de su bolsillo. Instintivamente, él también la jaló, ¡haciendo que la bella pieza se rompiera por la mitad!

—¡Aléjate de mí! —gritó a Nancy en inglés. Luego la levantó entre sus brazos, ¡listo para aventarla desde el puente de piedra al agua!

—¡Alto! —exclamó Nancy, al mismo tiempo que George llegaba junto a la pareja y tomaba al hombre por los brazos.

"¿Debería aplicarle una llave de judo y aventarlo al canal?", pero decidió no hacerlo. "Él caería al agua junto con Nancy."

En lugar de eso, optó por seguir sosteniéndolo, mientras Nancy podía zafarse. Una vez logrado esto, Nancy empezó a vaciar los bolsillos, abultados por el encaje. Muy enojado, el hombre hizo a un lado a las muchachas y corrió alejándose por el puente.

Con sus brazos llenos de encaje, Nancy ordenó:

—George, ¡síguelo mientras yo devuelvo estas piezas de encaje al museo!

George aceptó y corrió tras el hombre. Cuando éste salía del puente, un grupo de turistas llegó, bloqueando completamente el paso. Todos eran hombres jóvenes, quienes reían mucho haciéndose bromas entre sí. Cuando George intentó empujarlos para pasar entre ellos, uno la tomó de los brazos.

—¡No corras bella muchacha! —dijo con marcado acento irlandés—. ¿por qué mejor no te unes a nuestro recorrido? ¡Nos encantará tener algo hermoso que ver!

—¡Discúlpame, por favor! —dijo George tratando de alejarse de él.

—Parece que estuvieras huyendo de alguien —dijo otro de los jóvenes.

—No. ¡Estoy persiguiendo a alguien! —gritó George, frustrada por completo—. Un ladrón, por si quieren saber. Ahora, ¡déjenme pasar!

—¡Un ladrón! —exclamó un joven abriendo los ojos con gran asombro.

Para entonces George se había zafado de su captor pasando entre los otros jóvenes. Dio unos cuantos pasos largos y cruzó el puente.

Había una calle angosta a su derecha y un parque a su izquierda. ¡El hombre no se veía por ningún lado! A cierta distancia, más delante, estaba el otro museo.

"¿Trataría de esconderse ahí el ladrón?", se preguntaba George. "Si yo fuera él, ¿a dónde iría?"

Como respuesta a sus preguntas, ella decidió caminar por esa angosta calle. Pero cuando dio vuelta en la esquina, no había señales del fugitivo. Muy disgustada, George regresó al museo.

"¡Lo perdí!", se decía. "¡Qué mala suerte!"

Se encontró en el vestíbulo con Nancy, quien estaba rodeada por guardias; éstos hablaban muy exaltados en flamenco, y la mujer de la recepción tradujo el diálogo a las muchachas.

—¡Usted robó estas cosas del exhibidor de arriba! —acusaba la señora a Nancy.

—¡Yo no las robé! —decía la joven detective con vehemencia—. Alguien lo hizo. Él se descolgó por el balcón ayudado por una cuerda. Lo atrapé y recuperé las piezas de encaje. ¡Pero una se rompió cuando él tiró de ella para arrebatármela!

Los guardias continuaban con su conversación en un tono muy alto Al final, la mujer dijo:

—Aquí, Jacques dice que la vio entrar al vestíbulo con ellas, sin correr. ¿Podría decirnos con exactitud qué pasó, por favor?

Así lo hizo Nancy, luego George verificó su explicación. Bess e Hilda buscaban a sus amigas y llegaron al lugar, justo a tiempo para escuchar el relato de Nancy.

—¿Tomó él las piezas de encaje de las vitrinas donde se exhibían? —preguntó Nancy cuando terminó de narrar lo acontecido.

La recepcionista negó con la cabeza y replicó:

—No. Acabamos de recibir un nuevo envío, el cual Jacques llevaba hacia allá arriba. Aparentemente, el ladrón lo vio y decidió que sería muy fácil robarlo, tan pronto como hiciera salir al guardia de la habitación.

—¿Cómo pudo hacer eso? —preguntó Nancy, anotando mentalmente todos los datos.

—Comunicó al guardia que lo necesitaban en el vestíbulo; por lo tanto, el guardia, sin sospechar nada, corrió hacia la planta baja. El ladrón debió esperar a que ustedes salieran de la sala, antes de hacer el siguiente movimiento y escapar rápido por el balcón.

—Pero, ¿qué hay acerca de la cuerda? —preguntó George—. Si él no había planeado robar los encajes antes de que llegara, ¿de dónde sacó la cuerda para huir?

—Por desgracia, ésta estaba sobre un cajón, en una esquina de la sala —dijo la recepcionista—. Teníamos hombres trabajando en la chimenea y olvidaron llevarse la cuerda cuando se retiraron esta mañana, antes que el museo abriera. El ladrón la vio e imaginó que ésta sería lo bastante larga para ayudarlo a bajar por el balcón.

La recepcionista volteó a ver a Nancy.

—¿Cómo era el ladrón? Llamaré a la policía para pedir que lo busquen.

—Era alto y delgado —dijo Nancy—, y vestía una gabardina; llevaba un sombrero, que cubría su frente; por esa razón, no pude ver sus ojos muy bien. Pero su cara era afilada, sus labios delgados y su color era pálido, casi gris. Parecía un hombre que rara vez sale de su casa.

—También cojea porque al caer se lastimó el tobillo —añadió George.

—Gracias —dijo la dama—. Pasaré esta información a las autoridades. ¿Me darían sus nombres y domicilios en caso de que la policía encuentre al ladrón y necesite llamarlas?

Las muchachas dieron toda la información requerida y se encaminaron hacia el soleado exterior, otra vez.

—Cielos, ¡qué experiencia! —dijo George.

—¡Ese hombre nos estaba vigilando en el Centro del Encaje! —comentó Nancy a sus amigas. Yo no quise decirles nada antes, porque no estaba segura y no quería preocuparlas. Tal vez él robó mi equipaje en el aeropuerto. Entonces yo no vi su cara, pero tenía la misma estatura del ladrón de los encajes.

—Pero si él quería saber qué íbamos a hacer, ¿por qué llamó tanto nuestra atención de esa manera? —preguntó Bess.

—Posiblemente pensó que los puños con el mensaje estaban entre las antiguas piezas de encaje, que subió el guardia para la exhibición —dedujo la joven detective.

—Bueno, por desgracia éste huyó —comentó Hilda—. No podemos hacer nada. Será mejor continuar nuestro recorrido —hizo una pausa y luego agregó—: Iremos a un museo de arte ¡Ya sé exactamente a cuál!

La galería que ella tenía en mente estaba llena de obras, las cuales describían la vida en Brujas desde el siglo XVI.

—Como dijo tu padre, Hilda, no han cambiado mucho las cosas, ¿verdad? —comentó Nancy.

—No, no lo han hecho. Pero nosotros amamos el antiguo encanto de nuestra ciudad.

De pronto, un óleo capturó la vista de Nancy. Era el retrato de un gallardo joven con bigote; vestía un jubón de terciopelo rojo, con cuello y puños de encaje.

—¡Bess, George! —llamó Nancy—. ¡Vean esto!

Ansiosas las muchachas, se reunieron con ella.

—¡Dios mío! Se parece tanto al personaje que imaginé, François Lefèvre —exclamó Bess con extraordinaria sorpresa.

—Pero, ¿quién está detrás de él? —preguntó George.

En la escena, el atractivo joven posaba sobre un arqueado puente de piedra. Se recargaba en éste apoyando sus manos. Detrás de él estaba una figura sombreada. ésta llevaba una capa negra con capucha la cual cubría su cara y cuerpo por completo y atisbaba sobre el hombro del joven. Por debajo de la capa salían dos manos, las cuales se aprestaban a atacar a su víctima, ajena a toda la situación de peligro.

—Me preguntó quién es el autor —dijo Bess.

—No hay firma sobre la pintura, sólo las iniciales —contestó Nancy—, pero tal vez Hilda pueda decirnos su significado.

La muchacha belga dijo no estar familiarizada con esa pintura en particular.

—He estado aquí muchas veces pero no recuerdo haberla visto —leyó en voz alta la placa dorada que estaba abajo del cuadro—: *Le cavalier et le spectre noir*, eso traducido significa: *El caballero y el fantasma negro*. Debe ser una de las adquisiciones recientes.

Cuando Hilda preguntó al conservador de arte, éste respondió:

—Fue descubierta en el ático de alguien. Hasta donde sé, este museo no pagó mucho dinero por adquirirla para su exhibición.

—De casualidad, ¿sabe usted quién la vendió al museo? —cuestionó Nancy.

El conservador de arte frotó su barbilla con una expresión de incertidumbre.

—Mmm... no, no lo sé, pero aunque yo lo supiera, no estoy autorizado para responder a ninguna pregunta. El museo mantiene dicha información, estrictamente confidencial y discreta, acerca de todos sus vendedores.

—Bueno, entonces —comentó George—, tal vez usted pueda decirnos quién es el pintor.

—Sí. Fue hecha por un hombre llamado Dirk Gelder, un famoso maestro de arte en su tiempo. Según la historia, la novia del caballero le encargó la pintura porque su pretendiente era un ferviente admirador del maestro Gelder.

—¿Sabe su nombre? —preguntó Nancy con curiosidad e interés.

El especialista negó con la cabeza.

—Lo siento. Ahora, si me disculpan —dijo—, tengo algunos asuntos urgentes que atender —añadió alejándose de ellas.

—¿Oyeron eso? —dijo George emocionada—. El hombre del cuadro era un admirador de Gelder, igual que François Lefèvre. ¡Les puedo apostar que ambos son la misma persona!

—Si así fuera —añadió Bess—, ¡tal vez haya una pista escondida en esta obra de arte, la cual nos ayudaría a descubrir el secreto que está escondido en los puños del encaje antiguo!

Nancy aprobaba la teoría de Bess con evidente emoción. Luego, abrió su bolsa, sacó su lupa y enfocó hacia los puños de encaje.

—¡En estos puños de encaje está la solución! —exclamó sorprendida.

14

La amenaza

—¿Cuál es el mensaje, Nancy? —preguntó Bess muy ansiosa por saber.

—Aquí, mira por ti misma —contestó la joven detective, dando la lupa a su amiga.

—¡Oh, ya lo veo! —exclamó Bess, colocando la lupa muy cerca de la superficie del cuadro, exactamente sobre el puño de encaje y leyó—: Éste dice: *Je vous aime.*

—¿No significa eso: Yo te amo, en francés? —preguntó George a Hilda.

Hilda admitió moviendo la cabeza, provocando una expresión de ensoñación en Bess, quien dijo:

—¡Qué romántico!

Mientras tanto, Nancy seguía examinando el intrincado diseño del encaje. Entretejida, alrededor de las palabras estaba alguna clase de escena. Una figura geométrica parecía ser el punto principal. Era ovalada con puntadas verticales, las cuales se curveaban dentro de un nudo, en la parte superior.

Arriba de la figura había un diseño diagonal formando un triángulo muy significativo. A Nancy esto le pareció muy extraño.

—¿Hay algo en el otro puño, Nancy? —preguntó George, bastante interesada.

Nancy negó con la cabeza diciendo:

—Por desgracia los detalles están borrados. Tal vez el artista, deliberadamente, decidió no pintarlos con claridad o precisión.

—Recuerden aquel pedazo de papel encontrado en la chimenea de la recámara de François —pidió George a sus amigas—. ¿No estaba también la palabra *cásate*, sobre él?

—Por lo tanto, posiblemente la misma palabra aparezca en el otro puño —sugirió Nancy—. Por supuesto, debe haber más de una palabra. Tal vez el mensaje era: "Cásate conmigo" o tal vez "No te cases con alguien".

—O quizá —sugirió Bess exaltada— "¿Te casarías conmigo?"

—O acaso: "¿Cásate con él?" —se le ocurrió replicar a George.

Muy pronto, todas reían tan fuerte, que el conservador de arte les pidió guardar silencio o irse. Hilda se encontraba ya casi en la puerta cuando les hizo una invitación:

—Mis padres desean que ustedes y madama Chambray vengan a cenar a mi casa, a las ocho de la noche —dijo Hilda, añadiendo—: Después de todo, veremos la procesión en el canal. ¿Les parece bien mi plan para esta noche?

—¡Qué emocionante! —expresó Bess casi de inmediato, dando su implícita aceptación.

Cuando las chicas regresaron a la casa de madama Chambray, les quedaba muy poco tiempo para bañarse, vestirse e intercambiar noticias. Madama Chambray había encontrado las llaves de su escritorio y aprovechó para mostrarles el documento del cual había hablado a la señora Marvin.

El papel estaba amarillento y desgastado en sus dobleces, razón por la cual Nancy lo tomó con sumo cuidado poniéndolo bajo la luz de la lámpara. Lo único legible estaba escrito en francés, el cual fue traducido por madama Chambray:

Yo, Friedrich Vonderlicht, también conocido como François Lefèvre, dejo a mi fiel esposa, Elaine Warrington, los tesoros de mi familia, protegidos por nuestra dorada...

—¿Dónde encontró esto? —preguntó Nancy a madama Chambray mirándola fijamente.

—Bajo una losa suelta del piso de una de las recámaras —contestó la dama con tranquilidad, entregándole el documento a Nancy.

George movía la cabeza en señal de incredulidad y verdadero asombro.

—¿No es extraño —preguntó George—, que ninguno de los antiguos propietarios de esta casa haya descubierto el testamento?

—No tan extraño —replicó madama Chambray—. Yo pude descubrirlo porque decidí pulir los pisos. La vibración de la pulidora movió un poco esa loseta. Yo estaba ayudando al trabajador a ponerla en su lugar cuando de repente noté que había algo amarillo debajo de ella.

Mientras la señora hablaba, Nancy y George seguían estudiando aquel documento, con mucho cuidado y atención.

—¿Qué estás pensando? —preguntó George a su amiga detective.

—El nombre Elaine Warrington me resulta muy familiar. ¿No era una famosísima actriz de su tiempo? —cuestionó Nancy.

—Creo que sí —dijo madama Chambray.

—En ese caso —declaró Bess—, bien podremos conocer más de su vida con facilidad. ¡Tal vez ella estaba casada con François!

—Me gustaría mucho que trabajáramos en eso en seguida, pero debemos prepararnos ya para la cena— señaló Nancy y todas estuvieron de acuerdo.

En poco tiempo, ya se encontraban en la casa de la familia Permeke. En la cual, el profesor entretuvo a sus invitadas americanas con algunos más relatos históricos acerca de Brujas.

—¿Sabían ustedes —preguntó— que el *Gruuthuse*, donde fueron hoy, alguna vez fue el refugio y escondite de un rey inglés?

De acuerdo con la explicación del doctor Permeke, el rey Eduardo IV de Inglaterra fue forzado a exiliarse allí por razones políticas.

—Hablando de nuestro recorrido —comentó Nancy—, vimos el retrato más interesante que imaginen, en una de las galerías.

Hilda repitió a su familia, en francés, el nombre de la pintura.

—Joseph, ¿lo has oído? —preguntó Hilda al espigado y melancólico estudiante, quien había acudido a reunirse con el grupo para cenar.

—Sí. Creo que fue pintado por un hombre llamado Dirk Gelder. Una joven francesa le encargó al pintor hacerlo.

—Al menos eso nos dijo el conservador de arte —agregó en seguida George—. ¿Recuerdas su nombre? —preguntó la joven a Joseph.

—Lo leí en alguna parte —dijo Joseph—. Tissot... sí ése era: Antoinette Tissot.

Nancy, Bess y George estaban impactadas pensando lo mismo:

"¿Era ella la misma persona cuyo nombre estaba bordado en el lienzo de lino con el cual estaba envuelta la cruz de diamantes?"

—¿Sabes algo más acerca de Antoinette Tissot? —cuestionó Nancy.

—No, discúlpame —dijo Joseph moviendo la cabeza negativamente y agregó—: Sólo vi su nombre en un artículo, el cual leí alguna vez, y que trataba acerca de la pintura que les interesa.

El cerebro de Nancy trabajaba aprisa.

"¡Tal vez ésta le había dado la cruz a François! Si así fue ahora pertenecía a sus descendientes. Pero, ¿dónde están?" Lo primero que harían a la mañana siguiente, sería consultar el directorio telefónico local.

—Existe otra pintura famosa —dijo el doctor Permeke a sus invitados—. El sujeto es un fornido caballero vistiendo pantaloncillos, los cuales apenas le cubren sus rodillas. ¡Tiene unas largas medias blancas y en la parte superior de ellas luce, como adorno, seis centímetros de encaje plisado! ¿Se imaginan bailar con él?

Las carcajadas estallaron por toda la mesa. Sin embargo, Bess dejó de reír, de pronto, cuando la sirvienta de los Permeke colocó un plato de anguilas en salsa verde enfrente de ella; levantó la mirada del plato y volteó a ver a su prima, la cual se reía divertida.

—¡Te reto a que las comas! —murmuró George en el oído de Bess.

Bess enterró su tenedor en aquella fea carne; cortó una porción muy pequeña introduciéndola con suma lentitud en su boca.

—Está realmente deliciosa —anunció imperturbable al pasarse el bocado.

Después, cuando todo mundo estaba sentado a la orilla del canal esperando el paso de la procesión, Bess confesó a sus amigas:

—Ojalá esta noche no tengamos que comer eso otra vez. No me siento muy bien.

—Todo está en tu mente —dijo George.

—¡Ay!, está en mi estómago.

Las últimas palabras de Bess se perdieron entre el ruido producido por el paso de los botes motorizados. Cada embarcación estaba adornada con luces, colocadas de popa a proa. Los pasajeros a bordo vestían toda clase de disfraces; entre ellos había: payasos, gigantes, changos, ladrones, e inclusive, un Drácula.

—Algunos de ellos son en realidad muy tenebrosos —comentó Bess mientras otro bote pasaba frente a las muchachas y anfitriones.

Una figura fantasmal estaba parada junto al timón y se hallaba totalmente cubierta con una sábana, solamente sobresalían los pies y con una mano sostenía un paquetito.

Bess rió.

—Miren, ¡un fantasma con unas botas de vaquero! —dijo señalando los pies de ese hombre.

—Me recuerda al individuo que entró al sótano de madama Chambray —afirmó George—. Él usaba botas también, sólo que estaba demasiado oscuro para verlas bien.

Al poco rato el bote viró hacia la orilla del canal donde las muchachas detectives estaban sentadas, y la extraña figura les arrojó un paquete. Éste cayó a unos cincuenta centímetros de ellas.

—Yo lo tomaré —se ofreció Hilda. Al levantarlo, vio algo escrito en él—. ¡Nancy, tu nombre está escrito en este paquete...!

—¿Mi nombre? —preguntó la detective asombrada al recibir el objeto.

Rápidamente procedió a abrir el paquete; dentro había un pequeño puñal de juguete y una nota impresa en letras renegridas.

—¿Qué pasa? —preguntó el padre de Hilda, viendo la expresión apesadumbrada en el rostro de su joven y bella invitada.

—Aquí dice: "¡Deje de interferir o tendrá esto!" —leyó Nancy.

—¡Qué horrible! —exclamó madama Chambray.

Todos empezaron a hablar al mismo tiempo y casi no se dieron cuenta cuando Nancy se disculpó, siguiendo la ruta de los botes los cuales se movían lentamente; tenía la esperanza de atrapar al desconocido fantasma.

Corrió por la banqueta, a través de un jardín que bordeaba el canal, el cual hacía una curva más adelante. Por un momento, Nancy perdió de vista al bote; pero minutos después lo vio. De repente se dio cuenta que ¡el misterioso fantasma había desaparecido de su vista!

—¿Dónde está su pasajero? —preguntó la joven detective al lanchero, cuando su bote pasaba por el canal junto a ella.

—No lo sé —contestó en vacilante inglés—. Él me empujó y salió de mi bote.

—Gracias —dijo Nancy decepcionada, corriendo a reunirse con el grupo.

Cuando todos oyeron el informe, el doctor Permeke sugirió a madama Chambray cerrar con llave todas las puertas y ventanas de su casa.

—Y, por favor —suplicó—, no salgan solas.

Todas acordaron que ésta era una buena idea. Madama Chambray y las jovencitas agradecieron a la familia Permeke por la agradable noche y tomaron un taxi que las llevara a casa. Al llegar, encontraron una ventana del primer piso abierta.

—No lo entiendo —dijo madama Chambray—. Estoy segura que cerré todo antes de irnos. Temerosa, metió la llave en la cerradura de la puerta principal con mano temblorosa.

—Déjeme entrar primero —sugirió Nancy y con mucho cuidado se paró en el pasillo.

Una lámpara brillaba suavemente en la sala. A primera vista no faltaba pertenencia alguna de madama Chambray; pero todo parecía estar fuera de lugar, según Nancy, quien pensando en la cruz de diamantes escondida en el gabinete, corrió hacia él y abrió el cajón de en medio. ¡La caja de terciopelo púrpura había desaparecido!

15

El vaquero sospechoso

¡La cruz de diamantes había sido robada!, fue el pensamiento impactante de la dueña de la casa y de las jóvenes detectives cuando Nancy se los dijo:

—Es mi culpa —dijo madama Chambray, quien totalmente descorazonada se sentó en una silla—. ¡Fui tan estúpida al publicar esto en el periódico!

Mientras Bess y George trataban de reconfortarla, Nancy llamó por teléfono a la policía. Les dio un reporte completo de los sucesos acontecidos esa tarde y la descripción del ladrón.

—Estoy segura que el hombre que me arrojó el paquete también robó la antigua cruz —dijo Nancy con firme convicción.

El *politie agent* al otro lado de la línea, prometió enviar, en seguida, una patrulla a esa área. Antes de irse a la cama, Nancy revisó el cajón de su buró en donde había guardado el documento que madama Chambray le había dado. Por fortuna, para ella, aún estaba ahí.

Nancy tenía mucho que contarle a su padre cuando éste llamó a la mañana siguiente. Al escuchar el nombre de Elaine Warrington, él dijo:

—Apareció en obras de muy alta calidad en este país, a finales del siglo XVIII. Si gustas, tal vez pueda obtener más información acerca de ella.

—¿Lo harías, papá? —preguntó Nancy agradecida—. ¡Entonces, todo lo que debo hacer es descubrir qué cosa misteriosa está mencionada en ese testamento!

—A propósito —añadió su padre—, el señor Miller, de la revista *Círculo y Cuadro*, me dijo que el antipático editor Herbert Rocke salió de Nueva York hace unos días para vacacionar.

—Tengo el presentimiento de que fue él quien interceptó mi primer original —afirmó Nancy.

—Él lo hizo, estoy seguro, ¡porque el señor Miller descubrió que Rocke es amigo de tu rival, el señor Frieden! —respondió el señor Drew.

—¿Qué?

—Por supuesto, la revista nunca hubiera permitido que el amigo de uno de los editores participara en el concurso; pero, como el señor Miller dijo, él no sabía de la relación sino hasta hoy. De cualquier manera, Miller ha estado tratando de hablar con el señor Frieden desde que conversó contigo, pero no lo ha logrado.

—Muy interesante —expresó Nancy—. Rocke debió dar mi manuscrito a Frieden para que lo copiara y enviara a la revista con su nombre.

—Nancy —dijo el señor Drew muy despacio—, muchas de estas cosas no tienen sentido. ¿Por qué Rocke y Frieden se envolvieron en una cosa como ésta? No hay tanto dinero de por medio; pero quizá deben existir algunos otros factores aún desconocidos por nosotros.

—¿Qué quieres decir, papá?

—Posiblemente Frieden y Rocke se reúnan en Brujas. Cuídate de ellos.

—¿Qué apariencia tienen?

—No conozco la de Frieden, pero Rocke es alto y delgado, con cara y labios muy finos. Su complexión es muy insignificante, además de ser muy pálido.

—¡Ese es el hombre que nos siguió desde el Centro del Encaje y robó el nuevo envío del *Gruuthuse*! —exclamó Nancy.

—Es probable —expresó el señor Drew con cautela—. Desafortunadamente no puedo enviarte ninguna fotografía que te serviría para lograr una mejor identificación. ¿Está buscando la policía al hombre?

—Sí. Le di a la gente del museo una buena descripción.

—Me alegra —comentó el señor Drew—. Y tengo otro informe, el cual seguramente te interesará mucho.

—¿Cuál es?

—El domicilio de Frieden es el mismo de André Bergère —informó Carson Drew.

—¡Cielos! —gritó Nancy. ¡Tal vez ambos se conocen y Frieden ya leyó la carta enviada por madama Chambray a la señora Marvin!

—Es muy posible. Por lo tanto, debes estar mucho más alerta! —aconsejó el abogado Drew, dando por terminada la conversación telefónica.

Después que Hilda regresó esa mañana, Nancy relató a todos la conversación telefónica sostenida con su padre.

—¡De manera que Herbert Rocke es el ladrón del encaje! —exclamó George.

—Y, tal vez, el fantasma que te amenazó y arrojó el puñal —añadió Bess—, ¡y quien además robó la cruz de diamantes!

—O quizá —señaló Nancy—, ¡Paul Frieden o Bergère pueden ser los delincuentes!

A pesar del reciente robo, Nancy se aprontó en averiguar si algunos de los descendientes de François Lefèvre vivían aún en Brujas. Un vistazo rápido al directorio telefónico local no le reveló nada sobre esto.

—Mi papá me dará cualquier informe que consiga acerca de Elaine Warrington; pero creo que nosotras, entre tanto, debemos investigar todo lo posible acerca de ella —sugirió Nancy—. ¿Por qué mejor no vamos a la biblioteca y vemos si podemos encontrar algo?

—Buena idea —acordaron George y Bess.

De camino a la biblioteca, Nancy observó a un hombre alto observando el aparador de una tienda. Portaba un sombrero texano y vestía un traje de vaquero muy bien cortado. ¡También calzaba un par de botas de piel muy parecidas a las que usaba el fantasma intruso!

—¡Vamos! —dijo Nancy a sus amigas y corrieron hacia el hombre—. ¡Hola!, usted es norteamericano, ¿verdad? —preguntó Nancy aparentando ingenuidad cuando llegaron a él, luego agregó—: Nosotras también lo somos.

—Me alegra conocerlas —contestó el vaquero extendiendo su mano para presentarse.

—Hemos estado aquí sólo unos días —dijo Nancy—. ¿Cuándo llegó?

—Hace un rato. Vengo con un grupo.

El hombre parecía realmente amigable. ¡O las sospechas de las muchachas eran infundadas, o él estaba actuando de manera espléndida!

—Sus botas son fantásticas —señaló George.

—Son de Dallas, como yo —informó el hombre agradeciendo también el cumplido.

—¿De casualidad no conoce usted a dos hombres llamados Paul Frieden y Herbert Rocke? —preguntó Bess, intrépidamente.

El vaquero negó con la cabeza.

George lanzó miradas de furia a su prima por revelar esa información.

—¿Viaja mucho? —cuestionó George, cambiando con brusquedad la plática.

—No mucho —dijo—, pero tal vez lo haría si encontrara un pueblo con una hermosa casa de verano... —interrumpió su plática cuando una joven salió de la tienda. Visiblemente molesta pasó junto a él—. Me alegró conocerlas —dijo rápidamente y se alejó tras ella.

Cuando ellas lo vieron desaparecer calle abajo, Nancy sugirió que si realmente él era el sospechoso, deberían avisar a la policía.

—Si él cambia su vestimenta y sus botas —dijo George sonriendo—, ellos nunca lo encontrarán.

Las cuatro amigas se dirigieron a la biblioteca y, con la ayuda de Hilda, encontraron un enorme volumen de historia del teatro. Entre la lista de nombres, en el índice, estaba el de Elaine Warrington. Había varias referencias acerca de ella, incluyendo una amplia mención de su matrimonio con Friedrich Vonderlicht después de ser desheredada por su familia.

—¿De dónde era ella? —cuestionó Bess.

—De acuerdo con esto —contestó Nancy—, nació en Francia, pero vivió en los Estados Unidos. Aparentemente vivió en Europa el mayor tiempo de su matrimonio, pero regresó repentinamente a América después de la muerte de su marido y, tiempo después, murió en la miseria... Es decir, ella debió desconocer la existencia del testamento o del tesoro de François.

—O por lo menos, si sabía de él, nunca lo encontró; probablemente él murió cuando ella estaba de gira y entonces nunca pudo decírselo —opinó George—. ¿Warrington era su verdadero nombre?

—Lo dudo —contestó Nancy cerrando el grueso libro—. Debió ser su nombre artístico.

—Y François debió haber cambiado su nombre por el de Vonderlicht, cuando él se estableció en Brujas —supuso Bess.

—Bueno —comentó Nancy—, regresemos a la casa de madama Chambray. Algunas de nuestras respuestas deben estar escondidas allá.

Hilda admitió nunca haber hecho algún trabajo detectivesco antes, pero confesó estar ansiosa de poder ayudar. Inclusive, estuvo de acuerdo en ir a investigar al sótano donde el fantasma intruso había capturado a la atolondrada Bess.

—¡Adelante! —dijo Bess—. No tengo ningún deseo de ser arrojada dentro del clóset, otra vez.

—No sucederá —insistió George—. Cerramos con llave la puerta del túnel; por lo tanto, nadie podrá entrar.

—Aun así, prefiero permanecer arriba a salvo, en la cocina —replicó Bess.

—Lo que tú quieres es sólo estar junto al refrigerador —bromeó su prima, siguiendo a Nancy y a Hilda, quienes ya iban bajando los escalones hacia el sótano. Ellas encontraron más linternas y las dirigían hacia adelante, por donde iban bajando.

Fascinada por la profundidad del cuarto. Hilda dijo pensativa:

—Me imagino que hace cientos de años, este lugar estaba lleno de cajas y barriles de comida. La gente acostumbraba importarla de muchos lugares del mundo: deliciosos plátanos llegados de los paises cálidos y aceitunas y también...

Su luz ahora apuntaba hacia la puerta del túnel; Nancy vio algo que a Hilda le hizo interrumpir violentamente, al preguntar:

—George, ¿no estaba cerrada la puerta con llave?

—Sí.

—Pues ya no lo está.

George corrió hacia la puerta, giró la manija y la puerta se abrió con facilidad.

—La puerta no está dañada —dijo Nancy perturbada, buscando una prueba de violencia en la puerta—. Fue abierta con una llave. Pero, ¿cómo? ¿Entró alguien al sótano por la casa o por el túnel?

—No hay manera de saberlo —dijo George.

—¡Fue el señor fantasma otra vez, de eso estoy segura! —dijo Hilda, alarmada—: ¡Nadie en esta casa estará nunca seguro!

16

Una pista emocionante

Mientras las otras muchachas estaban en el sótano, Bess optó por investigar por su cuenta, pero estaba perdida como cuando empezó. Ella aún recordaba haber visto una puerta en el recibidor del segundo piso y como no sabía si ésta llevaría al tercero, o hacia otro clóset, decidió comenzar por ahí.

Bess Marvin temblaba de nervios mientras se aproximaba a la puerta.

—Me rehúso a ser llamada la *gallina Marvin* más tiempo —murmuraba mientras abría la puerta.

Ante ella estaba un recodo de la escalera, la cual llevaba hacia un pequeño descanso. Avanzó unos pasos, luego se detuvo al escuchar un ruido, como si arrastraran algo arriba de ella, como si alguien estuviera en el piso superior.

Bess se aterrorizó sólo por un momento, pero continuó su ascenso. Para su sorpresa, no había ninguna puerta allá arriba, sólo una ventana opuesta a una pared tapizada con papel.

"¡Qué raro!" pensó la chica. "¡Un montón de escalones viejos que, al parecer, no conducen a sitio alguno!"

Apoyó su oreja en la pared. Los ruidos habían cesado, al menos por el momento.

De repente sintió algo caminarle sobre su frente. Aquello se movía haciéndole cosquillas en la piel. De inmediato, la joven dio un manotazo y arrojó al suelo a una diminuta araña; ésta se contrajo, brincó hacia la pared y se fue lentamente a su esquina.

En ese preciso momento, Bess había detectado con la mano una hendidura en la madera.

"¿Era el trabajo de las termitas, o una idea de algún excéntrico arquitecto?", pensaba la chica.

La jovencita, llena de curiosidad, deslizó sus dedos a lo largo de la hendidura. El papel tapiz se rompió rasgándose a los lados, y dejando por fin al descubierto: ¡un panel!

El corazón de Bess latía apresurado. Jaló la madera pero ésta estaba torcida.

"¿Ahora qué voy a hacer?", se preguntó, mientras su mente trabajaba aprisa. "Bueno, por lo menos ya sé una cosa: ¡si yo no puedo pasar a través de esta pared, el señor fantasma tampoco!"

Bajó las escaleras tan rápido como pudo hacia la cocina, gritándole a sus amigas, quiénes estaban aún en el sótano. Todas se reunieron con Bess inmediatamente, contándole a la azorada joven acerca de la llave perdida de la puerta del túnel.

—¡Cáspita! —exclamó Bess—. Entonces sí había alguien allá arriba —comentó revelando su descubrimiento y el ruido sordo que escuchó en el tercer piso.

Las chicas cerraron con llave la puerta que había entre la cocina y el sótano para evitar la entrada de alguien a través del túnel. Entonces, armadas con sus linternas y una barra de acero encontrada en una vieja caja de herramientas, las jóvenes detectives siguieron a Bess hacia el piso superior. Nancy metió la cuña de acero en la ranura de la pared, forzando el panel para hacerlo hacia atrás con suavidad.

—¡Ya viene! —dijo Nancy metiendo sus dedos en la abertura.

George e Hilda también colocaron sus dedos en la hendidura. Centímetro a centímetro las muchachas fueron moviendo el panel.

—¡Muchachas! —llamaba la señora—. ¿Dónde están, queridas?

—¡Hay otra pared atrás de ésta! —exclamó George, cuando escuchó a madama Chambray gritar, desde abajo.

Bess bajó de inmediato al segundo piso.

—¡Estamos aquí arriba! ¡Encontramos un panel escondido! —gritaba Bess muy fuerte.

—Subiré allá —dijo la mujer dejando los paquetes que traía.

Cuando madama Chambray vio la pared parcialmente abierta, el papel rasgado y la barra de acero, se sorprendió bastante.

—¿Qué están haciendo? —preguntó.

—Creemos que existe un cuarto escondido al otro lado de esta pared —explicó Nancy.

—¿Un cuarto escondido? ¡Qué interesante! ¿Cómo descubrieron esto?

Bess explicó cómo había descubierto la ranura.

—Realmente, la araña fue muy útil, a pesar de que odio esos bichos —concluyó.

—Bueno, al parecer algún día tendré que explorar ese cuarto —dijo madama Chambray.

—Pienso que lo deberíamos hacerlo ahora mismo —urgió Nancy—. ¡El tesoro puede estar escondido aquí!

Madama Chambray aceptó en forma casi indiferente y Nancy se preguntaba por qué la mujer no compartía la emoción de todas ellas. Al contrario, parecía estar triste por los acontecimientos.

—¡Inclusive, tal vez encontremos una pista que nos lleve al propietario de la cruz de diamantes! —continuó diciendo a Nancy.

—Ya lo encontré —informó madama Chambray.

—¿Que usted ya lo encontró? ¿Dónde...?

Nancy fue interrumpida por el timbre del teléfono. Era el señor Drew.

—¡Hola, papá! —dijo Nancy—. ¿Algunas noticias interesantes?

Nancy escuchaba con toda atención mientras su padre le contaba sus recientes descubrimientos: un familiar de Elaine Warrington, de hecho su bisnieto, ¡estaba de viaje en Bélgica!

—¡Eso es fantástico! —exclamó Nancy—. Mas, ¿cuál es su nombre completo...?; por supuesto, su nombre familiar es Vonderlicht.

—Él ya lo cambió por Vaughan... Cody Vaughan —dijo el señor Drew.

—Parece nombre de vaquero —dijo Nancy, riéndose por el extraño cambio.

—Y lo es. Bueno, no exactamente. Es un actor, quien ahora está haciendo diferentes trabajos para preparar el papel que interpretará. Se mudó a Dallas no hace mucho tiempo...

—Papá, creo que —interrumpió Nancy emocionada— ¡acabamos de conocer al mismo señor Cody Vaughan!

Nancy relató a su padre acerca del vaquero con el cual habían hablado en el pueblo y añadió:

—Pero madama Chambray nos dice haber encontrado al dueño de la antigua cruz.

—¿Les dijo quién era? —preguntó con interés Carson Drew a su hija.

—No. El teléfono nos interrumpió.

—Bueno, tal vez ella también conoció al señor Vaughan —dedujo el señor Drew—. Comunícame todo lo que suceda y cuídate mucho, ¿quieres?

—Lo haré, papá.

Una vez terminada la conversación, la chica encontró a madama Chambray aún en la sala, cubriéndose la cara con las manos. Nancy se acercó a su lado pasando su brazo sobre el hombro de su acongojada anfitriona.

—¿Qué le sucede, madama Chambray? —preguntó con suavidad—. ¿No se siente bien?

—Deben irse de esta casa inmediatamente —afirmó la señora levantando sus ojos tristes—. No hay seguridad para ustedes si insisten en quedarse más tiempo.

Nancy tenía el presentimiento de que algo había pasado y estaba perturbando a la señora en gran manera.

—¿La ha amenazado alguien? —cuestionó Nancy, observándola con recelo.

—No.

—¿Está segura?

—No; quiero decir, sí, yo...

—Madama Chambray, no podemos dejarla sola —explico la joven detective—. Por favor, dígame qué le está molestando.

Las otras muchachas guardaron silencio dejando hablar a la mujer.

—Esto llegó por correo —contestó con voz vacilante.

Luego, sacó una carta de la bolsa de su falda y se la entregó a Nancy, quien la leyó en voz alta:

Querida señora:
Sus visitantes han puesto una maldición en su casa.

Ellas deben irse en seguida o su casa arderá.

—Esto es solamente una amenaza sin fundamento —comentó Nancy.

—¿Cómo lo sabes? —preguntó Bess.

—A mí me parece muy veraz —concluyó la hija del doctor Permeke.

—Pero esto es una casa de piedra —dijo Nancy—. Nadie puede quemarla.

—No la parte exterior —dijo madama Chambray mostrando lágrimas en los ojos—. Adentro hay madera por todos lados. ¡Deben regresar a América en seguida! No puedo responsabilizarme de su seguridad en mi casa por más tiempo.

Las jovencitas todavía le pidieron que hiciera una reconsideración, pero la dama permaneció firme.

—Además, alguien me llamó antes de salir de la casa. Dice ser el dueño de la cruz de diamantes. Vendrá más tarde.

—Pero la cruz se perdió —observó Bess.

—Se lo dije; pero a pesar de eso, quiere verme.

—¿Le dijo éste cómo se llamaba? —cuestionó Nancy bastante preocupada.

—No.

—¿Hablaba con acento texano?

—No.

—¡Entonces, seguramente se trata de un impostor! —afirmó la joven detective.

17

¿Tesoro escondido?

—Madama Chambray —dijo la joven detective tratando de convencer a la atribulada mujer, quien deseaba que sus visitas dejaran su casa—. Yo creo que el secreto del encaje antiguo está aún escondido aquí. Si quiere que nos vayamos mañana, así lo haremos; pero, por favor, permítanos permanecer mientras se cumple ese plazo y, en tanto, continuar con nuestra búsqueda.

La mujer no respondió inmediatamente, sólo observaba la expresión suplicante de sus invitadas.

—Está bien, pero tienen hasta mañana y bajo su propia responsabilidad, yo no puedo permitir...

—¡Oh, gracias! —interrumpió Nancy abrazándola con gratitud.

—Odio admitir la derrota —señaló George—. Pero si el secreto de François Lefèvre ha estado escondido por más de un siglo, ¿cómo podremos hallarlo en menos de veinticuatro horas?

—Piensa en forma positiva —sonrió Nancy.

Con cierta renuencia, madama Chambray permitió a las muchachas abrir el panel del tercer piso.

—De cualquier manera, creo que ya debo cambiar el papel tapiz allá arriba —dijo.

—Siento no poder quedarme para ayudarlas —dijo Hilda—. Pero Joseph me llevará a un concierto esta noche. Tal vez todas ustedes quieran acompañarnos... ya que ésta es su última noche en Brujas...

—Nos encantaría —comentó Bess—, pero al parecer Nancy tiene otros planes para nosotras.

Las muchachas agradecieron la invitación, pero explicaron a Hilda que aprovecharían cada minuto restante para resolver el misterio. Después de despedirse, corrieron a la planta superior y, en menos de media hora, lograron abrir el panel por completo.

Más allá, iluminada por la luz del sol que entraba por un tragaluz, había una habitación muy extraña con grandes vigas de madera en el techo. Estaba llena de unos muebles antiguos, porcelanas chinas, cuadros y chácharas de todas clases, además de un viejísimo baúl cubierto de polvo, como todo lo que había en ese cuarto.

—¿Que examinamos primero? —preguntó George, espiando una pila de cajas, en una de las esquinas de la habitación encontrada.

—Exactamente eso iba a preguntar —contestó su prima—. Mejor deberíamos abandonar esta ingrata e inútil investigación.

Bess fue directa hacia un delicado biombo de seda, colocado muy cerca del centro del cuarto, y atisbó detrás de él. En el suelo yacía una vieja y opaca jaula, que fue puesta en posición vertical por la muchacha.

—¿Encontraste algo interesante? —gritó George desde la esquina donde se encontraba.

—¡Uch! Sólo una vieja jaula vacía.

Mientras tanto, Nancy registraba el baúl viejo; levantó la tapa, dejando al descubierto algunos bultos de periódicos y cartas.

—¡Todas están dirigidas a François! —observó Bess emocionada y abrió una de ellas—. ¡Es una invitación para asistir a un baile en Bruselas! ¡Oh, me hubiera gustado asistir! ¡Debió haber sido tan maravilloso!

—Y ésta es una invitación para asistir a una gran fiesta —dijo George, sacando otra de las cartas—. ¡Creo que el viejo François tenía una formidable vida social!

Mientras las primas continuaban leyendo las cartas, Nancy de pronto descubrió un libro encuadernado en piel, debajo de la correspondencia hallada en el vetusto baúl.

—¡Miren, encontré su diario! —exclamó, leyendo unas páginas en voz alta, traduciéndolas para sus amigas del francés al inglés.

Bess seguía cada palabra con suma atención, mientras dirigía su mirada hacia la luz de la luna que empezaba a entrar a través del tragaluz, donde repentinamente, ¡la cara de un extraño apareció ante su vista!

—¡Oh! —murmuró la muchacha originando que sus amigas miraran hacia la ventana.

—¿Qué es? —preguntó Nancy.

—U-u-un hombre... —tartamudeó Bess.

—Estás imaginando cosas —reprochó su prima George—. No hay ningún...

—Pero yo lo vi...

Nancy dejó el diario sobre la pila de papeles dentro del baúl y llevó una silla que rápidamente puso debajo del polvoriento tragaluz.

—No veo a nadie —dijo bajándose de la silla—. Pero el tragaluz no está cerrado con llave. Me pregunto si alguien ha estado también usándolo como acceso al ático. Él bien pudo haber hecho el ruido que Bess escuchó.

—Debemos informar de esto a la policía —sugirió George y salió de la habitación para hacer la llamada a la estación policiaca.

Mientras tanto, Nancy siguió leyendo más del diario. Éste le reveló que François había estado enamorado de una actriz.

—¿Adivinen quién era? —preguntó Nancy.

—Elaine Warrington, por supuesto —dijo Bess.

—¡Era Antoinette Tissot!

—¿Qué? Pero yo creí que él se había casado con Elaine Warrington.

—Lo hizo —dijo Nancy—. Su nombre original era Antoinette. Al parecer su familia no solamente reprobaba su amor por François un vividor, e insistieron ante Antoinette en que no lo viera más. Ella rehusó obedecerlos.

Nancy leyó traduciendo uno de los pasajes:

No puedo permitir que ella sea repudiada.
No puedo hacerlo.

Voy a desaparecer y a cambiar mi nombre.
François Lefèvre ya no será nunca más.

—Sorprendente —opinó George al entrar en la habitación—. Deduzco que Antoinette siguió a François a Brujas...

—Y cambió su nombre a Elaine Warrington cuando se unió a un grupo de teatro —dijo Nancy—, porque no quería agraviar el nombre de la familia.

—Pero si ella y François se casaron —dijo Bess—, ¿por qué Antoinette no trabajó simplemente bajo su nuevo nombre?

—Porque no vivieron juntos en seguida —contestó Nancy—. De acuerdo con este mismo diario, François trató, sin conseguirlo, de enviarla de regreso con su familia...

—Pero ella estaba muy enamorada —interrumpió Bess—. ¿No es maravilloso?

Mientras tanto, Nancy continuó hojeando el libro hasta detenerse en otro largo párrafo.

—Joseph Stolk tenía razón —dijo la detective—. Antoinette sí le pidió a Dirk Gelder hacer un retrato de François. Éste simbolizaba el fin de *monsieur* Lefèvre. A partir de ese momento, él sería solamente conocido como Friedrich Vonderlicht.

Bess abrió una caja grande que se encontraba a un lado del baúl.

—¡Miren todas! —exclamó sosteniendo en alto un traje de caballero confeccionado en terciopelo rojo y con puños desprendibles de fino encaje.

Nancy, muy emocionada, se acercó a Bess y tomó los puños para examinarlos detenidamente, centímetro a centímetro.

—¡Son preciosos y únicos en su género! —dijo Nancy devolviendo los puños a la caja.

Luego tomó el diario otra vez, preguntándose si había dejado pasar algo de interés. Unas cuantas páginas antes del final, encontró la descripción de una bella estatua ubicada en un pequeñísimo nicho del jardín y, atada a la última página con un listón azul pálido, estaba la pintura de un hombre con rostro y cabello de oro; vestía un traje dorado, y tenía una de sus manos apoyada en el último pedestal de una fuente en el jardín.

—¡Quizá sea ahí donde está escondido el tesoro! —dijo Nancy—. ¡El testamento menciona que éste se hallaba protegido por algo dorado!

Cuando Nancy le comentó a madama Chambray acerca de su descubrimiento, la mujer dijo:

—Yo sé dónde se encuentra esa estatua. ¡Está precisamente aquí abajo!

La señora las condujo hacia un pequeño jardín, atrás de la casa; y en el centro de él, ¡estaba la estatua dorada!

—¿Podemos moverla para ver si hay algo enterrado debajo de ella? —Bess pidió permiso a madama Chambray, quien aceptó.

—Traeré algunas herramientas —ofreció la señora, mientras las jovencitas trataban de mover la base con sus manos. En un momento, la figura de mármol y su pedestal habían sido removidos de su lugar con sumo cuidado y las detectives empezaron a cavar con ardor.

—Es un lugar poco común para esconder un tesoro —insistió la señora Chambray—. Después de tantos años, ahora estará arruinado.

Pero las excavadoras continuaron, llenas de emoción. De repente vieron a un hombre espiando por encima de la barda. Sus ojos aguzados brillaron de entusiasmo cuando la pala de George golpeó algo duro bajo la tierra.

—¡Detengan todo! —gritó la chica.

El trabajo se suspendió mientras los dedos de George quitaban un poco de tierra. Ella sintió algo, y pudo sacarlo sin dificultades.

—¡Una piedra! —exclamó con disgusto, arrojándola a un lado.

El trabajo continuó durante algunos minutos más hasta que Nancy golpeó con su pala algo duro. Casi al instante, el agua empezó a salir a través de la tierra. Nancy aventó la pala y, ¡un chorro de agua se estrelló contra su cara!

18

El espía

Nancy evadió, rápidamente, el gran géiser de agua. Mientras hacía esto, pudo aún observar la parte superior de la barda del jardín. Un hombre de brillante cabello negro las veía amenazadoramente. ¿Era el mismo hombre que Bess había observado a través del tragaluz? Antes que Nancy pudiera llamar la atención de sus amigas, el espía se perdió de vista. Mientras tanto, la inundación seguía creciendo en forma abundante.

—Debí haber roto una tubería de agua con mi pala —dijo Nancy a madama Chambray—. ¡Discúlpeme, por favor! ¡Qué torpeza!

—Ahora iré a la casa y llamaré a la Dirección de Aguas y Saneamiento. Seguramente ellos podrán arreglarla —dijo la mujer dirigiéndose a la casa de donde regresó muy rápido—. Alguien vendrá en seguida. Pero, ¿qué haremos mientras tanto?

Al instante George brincó dentro del hoyo y con su mano trató de tapar la tubería rota.

—No funcionará —comentó decepcionada—. Bess, ¿por qué no te sientas sobre ella?

—¡Muy graciosa! —exclamó su prima.

Menos optimista, Nancy observaba la lenta pero segura inundación; la chica pensó que si ésta cubría todo el jardín, les impediría encontrar el tesoro escondido.

Sin embargo, quince minutos más tarde, llegó un plomero con una gran bolsa de herramientas. Primero, cerró la llave principal del agua; luego trabajo rápidamente para reemplazar la sección dañada de aquel gran tubo subterráneo.

—Esto debe funcionar —dijo, quitándose el lodo de los zapatos cuando se paró en el pasillo circular empedrado que rodeaba la antigua estatua dorada.

—¿Cuánto supone que tarde en secarse el agua? —preguntó Nancy.

—Estamos buscando un tesoro enterrado —interrumpió Bess.

El hombre se sorprendió, pero no hizo comentario alguno, al respecto.

—Bueno, esto tomará un día o más para que el agua pueda filtrarse —contestó.

—¡Grandioso! —exclamó George—. ¡No podemos esperar tanto!

Cuando el plomero se fue, Nancy contó a las demás el incidente del espía que había visto anteriormente en la barda del jardín.

—Tal vez era Frieden o Bergère. Estoy bien segura de reconocerlo si vuelvo a verlo.

—¡Quizá quería robar mi hermosa estatua! —afirmó madama Chambray.

—Bueno, nosotras lo atraparíamos antes de que él pudiera hacer semejante cosa —repuso Bess con inusitada valentía.

—¡Tú siempre resuelves los problemas! —dijo Nancy riéndose de su amiga.

Las muchachas imaginaron que el sospechoso debió haberse aprovechado de los escalones que dan al canal, para aproximarse a la barda del jardín. Ellas se dirigieron hacia el embarcadero, esperando encontrar alguna evidencia del extraño. ¿Estaba escondido entre los árboles o se había alejado por el canal en un bote?

Bastante cerca de ahí, flotaba una pequeña embarcación. El hombre al timón tenía cabello negro; por un instante lanzó una mirada a la parte posterior de la casa, siendo descubierto por las muchachas.

—¡Ése es el espía! —exclamó Nancy, mirando de reojo para leer el nombre pintado en el pequeño bote. Éste era: *Wit Bloem*.

—Me pregunto qué quiere decir —comentó George, bastante intrigada.

—Madama Chambray puede traducirlo —declaró Bess siguiendo a sus amigas hacia la casa.

Cuando le preguntaron, la señora dijo a las muchachas detectives que *Wit Bloem* quería decir en inglés: Flor blanca.

—Pero, ¿por qué quieren saber? —añadió.

Nancy le comentó todo lo relacionado con el hombre del bote, apurando a su anfitriona para que llamara a la policía. Ésta informó del incidente y, a sugerencia de Nancy, pidió el nombre y domicilio del propietario del bote. Parecieron transcurrir algunas horas antes que la *politie* llamara.

—El bote pertenece a un hombre llamado Theo Schlinger —dijo la voz al otro lado de la línea y dio el domicilio del dueño.

Nancy sugirió pedir a Hilda que las acompañara.

—Necesitamos un traductor —dijo Nancy.

—¡A quien más necesitaremos es a la policía! Además, Hilda va a ir al concierto junto con Joseph —recordó Bess a Nancy.

—Bueno, tal vez ella pueda esforzarse un poco y hacernos, de antemano, un último favor y, de todas maneras, creo que podremos manejar bien al señor Schlinger. Aparte de que no tenemos por qué acusarlo de nada en concreto.

Con muchas esperanzas, las jóvenes detectives llamaron por teléfono a Hilda y tras varios minutos de alegre charla Nancy cortó la conversación con ella, radiante de alegría.

—Ella puede acompañarnos, ¡si no nos tardamos mucho! —exclamó Nancy.

Una hora después, las chicas llegaron a la casa del señor Schlinger e intercambiando risas nerviosas, llamaron a la puerta. En sólo un momento, apareció un elegante caballero quien, por supuesto no parecía ladrón.

Éste probó ser tan delicado como su casa, la cual estaba llena de recuerdos náuticos, pinturas de antiguos barcos navegando y una fotografía del mismísimo señor Theo Schlinger, con su blanco uniforme de capitán de la armada naval.

—¿Habla inglés? —preguntó Nancy.

—Un poco —contestó el hombre—. ¿Por qué?, ¿están interesadas en encontrar un guía de turistas? —agregó sonriente.

—¡Oh, no! —rió Nancy—. La señorita Permeke ya lo hizo, nos ha llevado a sitios turísticos. ¡Fue maravilloso!

Hilda agradeció el cumplido e informó que traduciría todas las preguntas hechas por Nancy al señor Schlinger para que éste entendiera.

—Al parecer, la cosa es seria —dijo el señor—. ¿Quieren rentar mi barco, tal vez?

—N-no —expresó Nancy—. Pero sí queremos saber quién estaba usándolo hoy.

—Su apellido era Bergère —informó el señor Schlinger—. Tomó el bote por una hora o dos, luego lo trajo de regreso.

—¡Bergère! —gritó Nancy—. ¡Ése es el hombre al cual estamos buscando!

—¿Están buscando? ¿Entonces, hay problemas? —preguntó el dueño del bote.

—Sí —afirmó Nancy—. ¡Creemos que ese hombre es un ladrón!

—¡Oh, querida! —exclamó el señor, pasándose la mano por su cabeza—. Si yo hubiera sabido eso, nunca habría permitido que él...

—Por casualidad, ¿le dijo su domicilio? —interrumpió Bess.

El señor negó con la cabeza e informó:

—No, pero según dijo, éste era su último día en Brujas, y volaría de regreso a Nueva York esta noche.

El señor Schlinger no sabía más acerca de los planes de Bergère, por lo tanto, las cuatro muchachas se despidieron agradecidas.

Durante su regreso a la casa, discutieron el siguiente movimiento a seguir.

—Ahora estoy más convencida de que Matey Johnson enseñó a André Bergère la carta escrita por madama Chambray a la señora Marvin —señaló Nancy—. Por eso él vino aquí.

—Pero no tiene mucho sentido que él se vaya de Brujas sin haber encontrado el tesoro, ¿verdad? —comentó George.

—Solamente robó la cruz de diamantes y cree que eso es suficiente para regresar a casa —sugirió en seguida Bess.

—Es verdad —dijo Nancy—. Inclusive, pudo haber planeado regresar a Brujas una vez que nosotras nos hubiéramos ya ido —pero la mente de Nancy tomó otro rumbo—. Todavía no puedo creer que él regrese a América y haga de nuevo un largo viaje a Bélgica. Probablemente mintió al imaginarse que vimos el nombre del bote y le preguntamos al señor Schlinger. Tal vez él ya le había dado su nombre al dueño del bote y temía que nosotras lo averiguáramos.

—¡Bien pensado! —aprobó George—. Entonces él mintió acerca de su regreso a Nueva York con la esperanza de que nosotras dejáramos por fin de buscarlo.

Hilda veía ansiosa su reloj.

—Ya debo ir en camino —dijo finalmente la joven belga—. ¿A dónde van ahora?

—Ésa es la gran pregunta —dijo Bess—. ¿Al aeropuerto o a casa?

—¡A casa! —afirmó Nancy muy decidida—. Quiero encontrar a ese impostor tan pronto como se deje ver.

Durante el camino, pasaron por una serie de comercios, incluyendo una pintoresca librería.

—Ésta será nuestra última oportunidad de comprar regalos para llevar a casa, les apuesto —señaló Bess entrando a la tienda.

Cada una de las muchachas seleccionó bellos libros de Bélgica, para su novio.

—Quizás esto los haga venir con nosotras la próxima vez —comentó George.

Mientras pagaban sus mercancías, Nancy observó una vitrina de cristal. En el reflejo de ésta podía verse un enorme sombrero de vaquero.

¡Era el joven texano, y llenaba la descripción hecha por el señor Drew del bisnieto de François!

19

La captura

Nancy rápidamente dio la vuelta para ver frente a frente al joven texano.

—¿Cody Vaughan? —preguntó la chica mostrando una amplia sonrisa.

El joven sonrío y saludó cordialmente a Nancy y a las otras muchachas.

—¡Qué agradable volver a verlas! —dijo—, pero, ¿cómo saben mi nombre? Nunca se los dije.

Nancy se presentó e hizo lo mismo con sus amigas; después explicó brevemente, añadiendo:

—Hemos tratado de localizarlo. Nos estamos hospedando en una casa, que perteneció hace muchos años a su bisabuelo.

—¡No bromeen! —exclamó el joven vaquero—. Según sabía, mis familiares eran originarios de Bélgica. Ésa es una de las razones por las cuales deseaba hacer este viaje. Como ustedes saben, ésta es la primera vez que vengo —suspiró diciendo—: ¡Chispas, me encantaría ver ese lugar!

—¡Podrá hacerlo! —dijo Nancy muy animada—. Espere a que madama Chambray lo conozca. ¡Se emocionará tanto! La señora ha estado buscando, durante algún tiempo, un descendiente de la familia Vonderlicht.

—¿Quién es madama Chambray? —preguntó el joven muy intrigado—. Y, ¿por qué razón querrá ella conocerme?

—Ella es propietaria de la casa Vonderlicht ahora —dijo Bess—. Hace muy poco tiempo se mudó ahí y encontró una bella cruz envuelta en un pedazo de lienzo donde está bordado el nombre de Antoinette Tissot... es decir, su bisabuela.

—Muchachas, al parecer, me están confundiendo con alguien. El apellido de mi bisabuela no era Tissot; sino Warrington... Elaine Warrington.

George, presta a narrar la historia de amor de Antoinette y François, le contó cómo la pareja se había mudado a Brujas y logró cambiar sus nombres.

—Y vivieron felices para siempre —terminó Bess la narración.

—Existe un pequeño problema —mencionó Nancy muy seria—. La cruz de diamantes fue robada. ¡Pero presiento que usted podrá ayudarnos a recuperarla!

—No lo sé; no tengo práctica en capturar bandidos —dijo Cody—. Aunque tal vez, y pensándolo bien, no es tan mala idea, después de todo. Quizás algún día haga el papel de detective.

—Entonces, ¿irá a la casa con nosotros? —preguntó Nancy—. No está muy lejos de aquí.

La joven detective pudo darse cuenta que la mujer, con quien había visto al vaquero, no estaba en la tienda.

—Está bien —aceptó Cody—, pero primero me gustaría hacer una llamada telefónica a mi hotel. Tengo cita con alguien. ¿Podría acompañarnos?

Nancy lo dudó, porque podrían encontrar mucho peligro, más adelante.

—¿Por qué no propone a su amiga verla un poco más tarde? La puede llamar desde la casa —sugirió tentativamente Nancy.

—No sé cómo lo tomará —comentó el hombre—, pero se lo diré.

Para entonces la neblina crepuscular cubría la ciudad; podía sentirse una calma impenetrable en el aire mientras el grupo se acercaba a la casa de piedra. Para su sorpresa, sólo una o dos lámparas estaban encendidas.

—Alguien más está adentro —murmuró Nancy, al ver la sombra de una cabeza de hombre a través de la ventana iluminada.

—¿Deberemos tocar la puerta? —preguntó Bess temerosa a George.

—No —contestó Nancy—, probablemente espantaríamos al invitado de madama Chambray.

Ella giró la manija de la puerta con suavidad esperando que ésta no estuviera cerrada con llave. La puerta se abrió; indicando a todos mantenerse quietos, Nancy entró de puntitas. Un murmullo de palabras y risas llegaban hasta el recibidor.

—¡Oh, *monsieur*! Estoy tan contenta de haberlo conocido por fin —decía madama Chambray—. Pero, a decir verdad, estoy muy preocupada.

—¿Cómo es posible que una mujer tan encantadora pueda estar preocupada —preguntó una falsa voz dulce. Ésta se escuchaba vagamente familiar, y luego Nancy oyó —: Como usted bien sabe, mi abuelo tenía horribles problemas, románticos la mayoría. Las mujeres lo perseguían constantemente. Muy en particular, una joven belga que, literalmente, lo forzó a mudarse a Brujas. ¡Simplemente era muy apasionada!

—Pero... —dijo madama Chambray—, ¿no se casó con ella?

—¡Oh, no! Él conoció a alguien más —replicó con petulancia aquel desconocido.

Los pensamientos de Nancy ahora se aclaraban encontrando un orden. ¡El hombre estaba relatando la historia que ella había sometido al concurso de la revista! ¡Él debía ser Paul Frieden o André Bergère! Nancy se quedó mucho tiempo callada hasta que Bess impulsivamente la jaló del brazo.

—Escuché algo allá arriba —murmuró Bess.

"Estaba otro intruso en la casa, ¿tal vez un socio del hombre sentado en la sala?", se preguntaron mentalmente las muchachas.

—¿Qué debemos hacer? —cuestionó George.

—Tú y Bess revisen los pisos superiores mientras yo presento a Cody con madama Chambray —sugirió Nancy a sus amigas.

Con cautela, George y Bess subieron de puntitas al segundo piso, mientras Cody seguía a Nancy hasta la sala. El visitante estaba oculto a la vista, por el alto respaldo de la silla en la cual estaba sentado.

—Discúlpeme, madama Chambray —dijo Nancy en tono amable—, pero me gustaría presentarle al bisnieto de François Lefèvre...

—¡Eso es imposible! —puntualizó el otro hombre muy enojado. Se levantó mirando agresivamente a Nancy.

Éste era alto y esbelto; su cara era delgada y de una visible palidez, y sus labios finos.

—¡Señor Rocke! —gritó Nancy.

Increíblemente furioso, el hombre pasó a un lado de la muchacha, haciéndola retroceder hacia la pared en forma violenta.

—¡Yo no la conozco! —protestó el impostor.

—¡Atrápalo, Cody! —pidió Nancy, pero el ágil impostor se escabulló del alcance del vaquero.

Entonces, el delincuente se tropezó con la alfombra, haciendo que un pequeño objeto se saliera de uno de los bolsillos de su saco.

—¡Es la cruz de diamantes! —gritó angustiada madama Chambray.

Antes que Cody Vaughan pudiera recuperar el objeto, Nancy se lanzó sobre éste. Mientras tanto, el malhechor había llegado al pasillo y bajaba los escalones directamente hacia un bote que lo esperaba. Antes que Nancy o Cody Vaughan pudieran apresarlo, el ladrón huyó.

—Éste es el fin del señor Fantasma —comentó Nancy, observando las botas del señor—. ¡El único momento en que él no usó esas botas fue cuando nos siguió al *Gruuthuse* y robó el encaje.

De inmediato la chica telefoneó a las autoridades y describió a Rocke y al bote en el cual éste había huido apresuradamente.

—Se fue canal arriba, rumbo hacia el Occidente —añadió la joven detective.

—Lo buscaremos en seguida —prometió el oficial en turno—. También avisaremos en el aeropuerto; así, en caso de que él trate de salir del país, su pasaporte le será recogido por las autoridades.

Mientras tanto, Bess y George, desconociendo todo lo sucedido en la planta baja, notaron que nada estaba fuera de su lugar acostumbrado en el segundo piso; razón por la cual decidieron subir al tercer nivel.

—Definitivamente, yo sí escuché algo —afirmó Bess—, y esto está muy lejos de los ratones para que puedan subir.

Ella y su prima se equilibraron fuera del panel en el ático, luego lo abrieron poco a poco. Excepto por la débil luz de la calle que entraba a través del tragaluz, el cuarto estaba completamente oscuro.

—¡Está muy oscuro! —exclamó Bess llena de miedo, dirigiendo su linterna hacia la pila de cajas.

—Si alguien estuvo aquí —observó George—, seguramente ya se fue —añadió observando una silla debajo del tragaluz—. Y supongo que de esta manera fue como pudo salir.

Cuando ella dirigía su luz hacia otra esquina del cuarto, Bess notó un buró antiguo. Todos los cajones habían sido extraídos, dejando al descubierto prendas de vestir manufacturadas en encaje y muchos libros parecidos al diario encuadernado en piel encontrado en el baúl.

—No recuerdo haber abierto estos cajones —dijo George—. No tenían manijas, por lo tanto, tal vez no nos dimos cuenta que éstos eran cajones. Probablemente el intruso los abrió.

—¿Qué pasó con el jubón rojo y los puños de encaje de François? —murmuró Bess—. Me pregunto, si éstos habrán sido robados.

Ella se apresuró a ir hacia la caja cercana al baúl. El jubón estaba todavía ahí. ¡Pero los puños de encaje sí habían desaparecido! ¡Por supuesto, el ladrón los había confundido con aquellos en donde se hallaba el mensaje secreto!

De repente, las dos muchachas tuvieron la sensación de que alguien estaba detrás de ellas. Sin lugar a dudas, la figura de un hombre se les acercaba peligrosamente, listo para atacar. En sus manos llevaba el encaje.

—¡Auxilio! —gritó Bess con todas sus fuerzas, mientras George hacía acopio de su coraje y se lanzaba contra el hombre.

Afortunadamente la ayuda para las dos aterradas muchachas venía ya en camino. Nancy y Cody entraron al cuarto, arrollando al intruso. Lo arrojaron al suelo en cuestión de segundos.

—¡Déjenme ir! —luchaba con furia el cautivo.

—No, hasta que llegue la policía —dijo Cody, torciendo el brazo del hombre.

—Usted es André Bergère, ¿verdad? —acusó Nancy, reconociendo su brillante y negro cabello—. Supongo que su amigo, Paul Frieden, está rondando por aquí también.

Su presa soltó una carcajada sarcástica; luego, pensando que tenía todo bajo control, Cody aflojó un poco su llave. Bergère tomó ventaja de esto, golpeando al vaquero en las costillas.

—¡Uch! —exclamó el texano dejando al prisionero libre, con un rápido giro.

Sin embargo, Nancy jaló el brazo del delincuente mientras George le torcía el otro, ¡lista para aplicarle una llave de judo!

20

Una sorpresa doble

Una vez más, Cody inició la pelea, dominando por fin a su prisionero.

—¡Rápido, llama a la policía, Bess! —pidió Nancy a su amiga.

—¡Oh, no hagan eso! ¡Se los suplico! —rogó el hombre agitado mientras Bess corría ya escaleras abajo. Sus captores le tenían los brazos atrapados y, como pudo, añadió—: Sólo dejen sentarme un minuto, por favor déjenme hacerlo.

—No intente nada gracioso —advirtió Cody.

—No lo haré, se lo prometo, no lo haré —dijo el hombre casi sin aliento—. ¿Qué quieren saber de todo este asunto?

—¿Es usted o no, André Bergère? —cuestionó Nancy. Muy nervioso el hombre pasó sus huesudos dedos entre sus cabellos negros.

—Yo soy, y...

—Y, ¿qué? —apuró Nancy.

—Soy también Paul Frieden.

—¿Qué? —exclamó la joven detective mirándolo con cuidado y llena de sorpresa—. ¿Quiere decir que Frieden es sólo una caracterización?

Bergère afirmó con la cabeza.

—Así que cuando Rocke interceptó mi manuscrito —continuó incrédula Nancy—, ¡él se lo entregó a usted!

—Somos amigos —aceptó Bergère.

—¿Era tan valioso, económicamente, el concurso para ustedes, como para decidir plagiarlo y acreditárselo usted mismo? —cuestionó Nancy sintiendo una furia incontenible en contra del hombre.

—Nosotros sabíamos de la existencia de un misterio aún sin solución en Brujas, por eso convocamos el concurso —refunfuñó Bergère—. Nos imaginamos que si el señor Miller la acusaba de plagiaria, usted revolvería Nueva York hasta convencerlo de lo contrario. Mientras tanto, nosotros podríamos venir con toda calma y buscar el tesoro mencionado en la carta.

—Debieron haberse sorprendido cuando descubrieron, por Rocke, que Nancy continuaría con sus planes de viaje —comentó George.

—¡Por eso usted me esperó en el aeropuerto y robó mi equipaje! —añadió Nancy.

—No. Rocke lo hizo —protestó Bergère—. Él pidió prestado un traje de empleado del aeropuerto para poder pasar con su maleta entre los guardias.

—Él quería entretenerme aún más tiempo en Bruselas —dedujo Nancy— pero cuando todo eso no funcionó, tal como él lo había planeado, decidió atemorizarnos. Rocke fingió ser un fantasma en la casa de madama Chambray...

—Yo también me quedé cerca para observar todo lo que hacían —interrumpió el prisionero con una sonrisa de satisfacción dibujada en su rostro—. Las vigilé en el jardín, y a través del tragaluz y...

—¿Cómo pudo Rocke obtener la llave del túnel? —siguió preguntando Nancy.

—La primera vez que él fue allí la puerta estaba abierta y la llave adentro —contestó André Bergère—. Luego, mandó hacer un duplicado.

—Una vez Rocke vino cuando la puerta estaba cerrada con llave —objetó Nancy, recordando el momento en que ella había dejado olvidada la llave en la cerradura del túnel.

—Rocke la sacó con un palillo, luego usó su duplicado —informó Bergère—. Todas esas cerraduras no son tan complicadas.

—¿Se divirtió Rocke al participar en la procesión? —preguntó George—. Ustedes no pensaron que ese tonto truco, nos espantaría, ¿verdad?

Bergère sólo se rió.

—Estábamos tan desesperados. Desafortunadamente nada salía bien. ¡Ustedes lograron que se echara a perder todo!

En ese momento, Bess y madama Chambray entraron a la habitación acompañadas por dos oportunos policías.

—¡Aquí está el hombre quien le envió esa aterradora carta! —acusó George—. Acaso, ¿también va a acusar de esto a Rocke, señor Bergère?

—No, no lo voy a hacer. Pero sí fue idea suya.

Los policías lo pusieron de pie y lo esposaron.

—¡Ustedes no pueden hacerme nada! —gritó Bergère—. ¡Soy un ciudadano norteamericano!

—Pero usted ha cometido un serio delito en nuestro país —dijo uno de los policías—. ¡Lo arrestaremos y acusaremos de robo! —comentó el oficial por último; luego se lo llevaron.

Entre tanto, madama Chambray se acercó a Cody y le dio un beso fraternal en cada mejilla.

—Me alegra tanto conocerte —dijo la señora afectuosamente. Tengo algo que te pertenece...

La joven detective sacó de su bolsillo la cruz de diamantes y lapislázuli y se la dio al texano.

—¡Qué lástima que Rocke haya tirado el pedazo de lino en que venía envuelta! —murmuró madama Chambray—. Éste decía: "Dios te proteja adondequiera que vayas."

Cody miró la brillante cruz diciendo:

—¡Oh, yo no puedo quedarme con esto! —dijo—. Ustedes lo merecen más que yo.

—No sea tonto —argumentó Nancy—. Supuestamente, esta hermosa cruz siempre trae buena suerte a la familia Vonderlicht.

—Creo que usted tiene una cita —interrumpió George—, pero...

Viendo la expresión de interés de su prima, Bess se dirigió a Cody:

—Nuestra búsqueda aún no termina. Todavía estamos tratando de encontrar aquel tesoro de François... quiero decir Friedrich... mencionado en su testamento. Por favor, quédese. Después de todo, lo que hallemos en su mayoría le pertenece.

Cody sonrió con ternura a George, quien se ruborizó avergonzada.

—¿Dónde empezaremos? —preguntó dispuesto el sonriente vaquero.

—¿Qué les parecería en una vieja jaula? —guiñó un ojo Bess y fue atrás del biombo de seda para sacar el artefacto mencionado de donde se hallaba.

—Ahora tendré que comprar algún pájaro —comentó el vaquero cuando vio la jaula vieja.

Nancy la observó quedándose boquiabierta por la sorpresa. Ésta era una magnífica jaula para ave y, debajo de una gruesa y centenaria capa de polvo, ¡había oro!

—¡Ésta es la figura geométrica representada en el puño de encaje!, ¡estoy segura! —exclamó la joven y valiente detective.

—¿Lo crees? —preguntó Bess asombrada—. ¡Eso nunca se me ocurrió!

De repente, al recordar las vigas cruzadas en forma triangular del techo, como el diseño del puño, Nancy empezó a observarlas con toda atención.

—¡Miren! —gritó señalando un gancho roto en una de las vigas—. Ahí es donde acostumbraban colgar la jaula. Seguramente, creo que se trata de alguna señal puesta a propósito.

—Aquí —dijo George acercándole a Nancy una silla, la cual colocó directamente debajo de la viga; luego, Nancy subió.

—La jaula debió caerse hace muchísimo tiempo —dijo Nancy. Jaló el gancho hallándolo suelto, pero imposible de ser removido. Decepcionada, se preparaba para bajar de la silla cuando repentinamente una de las patas de ésta se rompió. Nancy, desesperada, buscando algo que la pudiera mantener en equilibrio, alcanzó a sujetarse del gancho. La pequeña sección del techo se rasgó y Nancy cayó mientras sus amigos trataban de evitarle un golpe más fuerte. Mientras todos ayudaban a Nancy a ponerse de pie, Bess notó un fistol masculino de rubí y un collar tirados en el piso. Mirando hacia el agujero, Bess exclamó:

—¡La fortuna de François!

—Y, ¡ahora de usted, Cody! —añadió Nancy mientras alcanzaba un banquillo colocado en una esquina del cuarto, y otra vez se subió para inspeccionar la viga.

—¿Hay algo más? —preguntó George, ayudando a Bess a levantar los tesoros que caían.

—¡Sí lo hay! —gritó Nancy llena de felicidad. Al encontrar los puños de encaje perdidos —exclamó—: ¡Nunca soñé con encontrarlos...!

Jubilosa, la joven detective brincó, extendiendo luego la delicada pista, escondida durante tanto tiempo en aquel lugar.

Eran como los dibujos de Gelder: un puño tenía bordada la figura de una jaula de pájaros, debajo de un diseño de bases triangulares y las palabras en francés: *Je vous aime.*

—¿Cuál es el mensaje del otro puño? —preguntó Bess ansiosa.

—Nancy lo examinó con cuidado, repitiendo las palabras en voz alta:

—*Épousez moi, s'il vous plaît.*

—¿Qué significa? —cuestionó Bess.

Nancy lo tradujo:

—Cásese conmigo, por favor.

—Y, ¡eso precisamente hizo François! —exclamó George emocionada.

—Excepto que nadie de la familia de ambos lo supieron nunca. ¡Era su secreto! —declaró Nancy—. Antoinette cambió su nombre por el de Elaine Warrington cuando se fue de su casa, y creo que después de la muerte de su esposo, se mudó a los Estados Unidos.

—Pero nunca le platicó a nadie quién era verdaderamente —dijo Cody—. Sólo piensen en lo poco que se sabía de ella.

—Bueno —señaló Bess—, ¡Antoinette-Elaine tuvo lo que quiso: François-Friedrich!

Sus escuchas rieron de buena gana, luego George interpeló amistosamente a Nancy.

—El final de tu historia, Nancy, era un poco diferente a la realidad, ya que en ésta, ¡Todo resultó ser una doble sorpresa!

—Pero fue así porque el principio no era el correcto —apuntó Bess—. Tu corazonada acerca de François te atrajo a Brujas, por lo tanto, diste justo en el blanco.

Mientras la bella jovencita hablaba, madama Chambray entró sigilosamente al cuarto. Se emocionó hasta las lágrimas cuando vio aquel lote de joyas y el dinero hallados.

—No puedo creerlo. ¿Encontraron ustedes todo esto? —preguntó la señora.

Cody Vaughan pasó su brazo por el hombro de madama Chambray.

—Por favor, tomen algo, lo que quieran o que ustedes prefieran conservar —ofreció Vaughan a cada una de las mujeres.

—¡Oh, no podríamos! —exclamó George.

—Pero yo insisto —contestó el joven texano—. Me harían muy feliz.

Aunque renuente, George seleccionó un sencillo collar de oro. Cody sonrió.

—Yo habría escogido esa pieza para ti —expresó Cody, provocando que George se ruborizara hasta el cuello.

—Gracias —dijo la chica.

Bess se decidió por un brazalete pasado de moda; mientras que madama Chambray escogió un alfiler de oro y esmalte. Cuando llegó el turno de Nancy, ésta se inclinó por una delicada cadena con un hermoso portarretratos. Dentro de él había dos fotografías. Usó su lupa para descifrar la leyenda que había debajo de ellas.

—Éstas son las fotografías de Friedrich Vonderlicht y su prometida —dijo—. No puedo tomar esto. Cody, usted debe conservarlo para alguien muy especial.

Cody se recargaba en un pie, luego en el otro. Al final dijo:

—Entonces, usted debe escoger otra cosa —sugirió cortésmente a la rubia detective.

. Nancy seleccionó un anillo de rubí.

—El color rojo me recordará siempre el jubón de François —rió la jovencita.

Mientras tanto, madama Chambray hablaba en voz baja con Cody haciendo los arreglos para que éste reclamara las posesiones de su familia.

—¿Se han puesto a pensar —dijo George volteando hacia Nancy— que el misterio ya no es tal?

—Si sólo te refieres al misterio de François, sí. Pero, ¿qué sobre mi manuscrito? —protestó Nancy—. Tendré que hablar con mi padre acerca de esto, ¿no creen? —preguntó sonriente a sus amigas.

Cuando telefoneó a su padre, ya tarde, al día siguiente, Hannah Gruen contestó. El señor Drew se encontraba fuera de la ciudad por un viaje de negocios, informó la vieja ama de llaves.

—¿Qué noticias tienes? —preguntó Hannah a la muchacha detective.

Nancy le contó todo lo sucedido en los recientes días, a su fiel niñera.

—Al parecer Matey Johnson escuchó lo suficiente acerca de nuestro interés en la carta de la señora Chambray. Luego, su amigo interceptó mi manuscrito para evitarme viajar a Bélgica. ¿Puedes imaginar eso?

—Sí —rió el ama de llaves—. Pero, el no sabía que nadie puede evitarte hacer lo que quieres.

Al día siguiente, Hilda y sus padres dieron una fiesta de despedida a las jóvenes detectives y a su anfitriona, madama Chambray. Cody y Joseph también estaban presentes.

—¿Puedo tratar de convencerlas de que se queden más tiempo? —preguntó la amable señora Chambray a las valientes muchachas.

—¡Me encantaría! —exclamó Bess, procurando no ser demasiado amable con Joseph quien permanecía cerca de Hilda.

—A mí también —admitió George—, pero Nancy...

—Mi viaje no termina sino hasta dentro de una semana —interrumpió Cody—. ¿Por qué no cambian de opinión? —preguntó solícito.

—Bueno, a mí me gustaría ver a Ned antes que termine el verano —confesó Nancy guiñando un ojo a sus amigas.

Ahora, era el turno del simpático señor Permeke de decir algo:

—Es increíble pensar que ese viejo misterio ha sido resuelto —continuó—, pero que éste haya sido resuelto por tres chicas norteamericanas, ¡es simplemente fantástico para mí!

—Y nosotras disfrutamos cada minuto de esto —contestó Nancy—. ¡Gracias a todos por su ayuda!

Al día siguiente las jovencitas volaron de regreso a Nueva York, y luego a River Heights. El señor Drew y Hannah apenas habían recibido a Nancy en su casa, cuando el teléfono sonó.

—Seguramente es para ti, querida —dijo el señor Drew a su hija.

Para su sorpresa, era el señor Miller, el editor en jefe de la revista *Círculo y Cuadro*.

—Así que ya están en casa —dijo—. Bueno, tengo noticias maravillosas para nuestra joven detective. ¡Ganaste el primer lugar del concurso!

—¿Yo? —preguntó Nancy casi sin aliento por la emoción y sorpresa.

—Sí. Anoche recibí una llamada de la policía de Bélgica informándome del arresto de Herbert Rocke, en el aeropuerto de Bruselas, cuando él trataba de volar de regreso a los Estados Unidos —hizo una pausa—. Me arrepiento de que haya sido nuestro editor y te pido disculpas por...

—Eso no es necesario —interrumpió Nancy—. Estoy tan emocionada por el resultado del concurso —dijo al derramar lágrimas de felicidad, recordando cuando se imaginaba que sus oportunidades habían finalizado por el robo sufrido —continuó la joven detective—: Señor Miller, ahora que ya encontré la solución del enigma, ¿me permitiría escribir un nuevo final al *Secreto del encaje antiguo*?

—Por supuesto. ¡Lo publicaré! —ofreció el señor Miller con una gran carcajada—. ¡En el fondo, sabía que descubrirías el misterio!